CHARLES BAUDELAIRE

Les Fleurs du Mal

恶之花

[法] 波德莱尔 著　刘楠祺 译

上海文艺出版社

图书在版编目(CIP)数据

恶之花/(法)波德莱尔著;刘楠祺译.—上海:
上海文艺出版社,2017
(企鹅经典丛书)
ISBN 978-7-5321-6337-3

Ⅰ.①恶…　Ⅱ.①波…　②刘…　Ⅲ.①诗集-法国-近代　Ⅳ.①I565.24

中国版本图书馆CIP数据核字(2017)第103333号

Charles Baudelaire
Les Fleurs du mal

总 策 划:黄育海　陈　征
责任编辑:张　翔
特约策划:何家炜
封面图片:乔治·德·弗尔
封面设计:汪佳诗

恶之花
〔法〕/波德莱尔　著
刘楠祺　译
上海文艺出版社出版、发行
地址:上海绍兴路74号
新华书店经销　上海利丰雅高印刷有限公司印刷
开本890×1240　1/32　印张15.625　插页2　字数120,000
2017年9月第1版　2017年9月第1次印刷
ISBN 978-7-5321-6337-3/I·5060　定价:60.00元

企鹅经典丛书

出版说明

这套中文简体字版“企鹅经典”丛书是上海文艺出版社携手上海九久读书人与企鹅出版集团（Penguin Books）的一个合作项目，以企鹅集团授权使用的“企鹅”商标作为丛书标识，并采用了企鹅原版图书的编辑体例与规范。“企鹅经典”凡一千三百多种，我们初步遴选的书目有数百种之多，涵盖英、法、西、俄、德、意、阿拉伯、希伯来等多个语种。这虽是一项需要多年努力和积累的功业，但正如古人所云：不积小流，无以成江海。

由艾伦·莱恩（Allen Lane）创办于一九三五年的企鹅出版公司，最初起步于英伦，如今已是一个庞大的跨国集团公司，尤以面向大众的平装本经典图书著称于世。一九四六年以前，英国经典图书的读者群局限于研究人员，普通读者根本找不到优秀易读的版本。二战后，这种局面被企鹅出版公司推出的“企鹅经典”丛书所打破。它用现代英语书写，既通俗又吸引人，裁减了冷僻生涩之词和外来成语。“高品质、平民化”可以说是企鹅创办之初就奠定的出版方针，这看似简单的思路中植入了一个大胆的想象，那就是可持续成长的文化期待。在这套经典丛书中，第一种就是荷马的《奥德赛》，以这样一部西方文学源头之作引领战后英美社会的阅读潮流，可谓高瞻远瞩，那个历经磨难重归家园的故事恰恰印证着世俗生活的传统理念。

经典之所以谓之经典，许多大学者大作家都有过精辟的定义，时间的检验是一个客观标尺，至于其形成机制却各有说法。经典的诞生除作品本身的因素，传播者（出版者）、读者和批评者的广泛参与同样是经典之所以成为经典的必要条件。事实上，每一个参与者都可能是一个主体，经典的生命延续也在于每一个接受个体的认同与投入。从企鹅公司最早出版经典系列那个年代开始，经典就已经走出学者与贵族精英的书斋，进入了大众视野，成为千千万万普通读者的精神伴侣。在现代社会，经典作品绝对不再是小众沙龙里的宠儿，所有富有生命力的经典都存活在大众阅读之中，它已是每一代人知识与教养的构成元素，成为人们心灵与智慧的培养基。

处于全球化的当今之世，优秀的世界文学作品更有一种特殊的价值承载，那就是提供了跨越不同国度不同文化的理解之途。文学的审美归根结底在于理解和同情，是一种感同身受的体验与投入。阅读经典也许可以被认为是对文化个性和多样性的最佳体验方式，此中的乐趣莫过于感受想象与思维的异质性，也即穿越时空阅尽人世的欣悦。换成更理性的说法，正是经典作品所涵纳的多样性的文化资源，展示了地球人精神视野的宽广与深邃。在大工业和产业化席卷全球的浪潮中，迪士尼式的大众消费文化越来越多地造成了单极化的拟象世界，面对那些铺天盖地的电子游戏一类文化产品，人们的确需要从精神上作出反拨，加以制衡，需要一种文化救赎。此时此刻，如果打开一本经典，你也许不难找到重归家园或是重新认识自我的感觉。

中文版“企鹅经典”丛书沿袭原版企鹅经典的一贯宗旨：首先在选题上精心斟酌，保证所有的书目都是名至实归的经典作品，并具有不同语种和文化区域的代表性；其次，采用优质的译本，译文务求贴近作者的语言风格，尽可能忠实地再现原著的内容与品质；另外，每一种书都附有专家撰写的导读文字，以及必要的注释，希望这对于帮助读者更好地理解作品会有一定作用。总之，我们给自己设定了一个绝对不低的标准，期望用自己的努力将读者引入庄重而温馨的文化殿堂。

关于经典，一位业已迈入当今经典之列的大作家，有这样一个简单而生动的说法——“‘经典’的另一层意思是：搁在书架上以备一千次、一百万次被人取下。”或许你可以骄傲地补充说，那本让自己从书架上频繁取下的经典，正是我们这套丛书中的某一种。

上海文艺出版社编辑部

上海九久读书人文化实业有限公司

二〇一四年一月

目　录

卷二 吟余集（1866年）

卷一　恶之花（1861 年版）

献辞

我满怀谦恭之情

谨以这束病态之花

敬献给

无可挑剔的诗人

法兰西文学完美的魔术大师

我的良师益友

泰奥菲尔·戈蒂耶

夏·波

致读者[①]

愚昧，谬误，罪孽，贪婪，
霸占我们灵魂，将身心摧残，
如乞儿听凭自身体虱蕃衍，
我们供奉着自己可爱的悔怨。

我们的业障冥顽，懊悔卑贱；
却想为自供要他人慷慨付钱，
我们还坦然折返泥泞故道，
以为用贱泪便能洗心革面。

恶之枕畔，三倍伟大的撒旦[②]
久久蛊惑着我们着魔的心田，
我们那些黄金一般的善念

① 1855年6月1日，波德莱尔首次以《恶之花》为总标题在《两世界评论》发表了18首诗。本诗是18首诗中的第1首。1868年第三版《恶之花》出版时，该诗的标题改为《序》(*Préface*)。

② 三倍伟大的撒旦（Satan Trismégiste），指赫尔墨斯（Hermès）。赫尔墨斯是希腊神话中的智慧之神和宙斯的信使，是畜牧之神和商人的保护神，并司魔法、秘术和炼金术。"三倍伟大"，意为"伟大之伟大"、"最伟大之伟大"。

都被这炼丹大师化为青烟。

我们似傀儡，由恶魔牵线！
惟觉得腐恶之物魅力无限；
我们每日一步向地狱滑陷，
早已对恶浊黝暗司空见惯。

如破落的浪子将青楼老娼
饱受折磨的乳房吮咬摧残，
我们在随时随处买笑偷欢，
干瘪的橙子也想用力榨干。

宛若万千条蠕虫纷聚成团，
群魔在我们脑中醉饮狂欢，
死神随呼吸潜入肺腑丹田，
像暗流裹挟着沉闷的忿怨。

倘若奸淫、鸩毒、火灾、短剑
尚未把可笑的图像绣满我们
可悲之命运的平庸画卷，唉！
那全怪我们的灵魂还不够大胆。

在我们邪恶卑贱的动物园，

有蛇蝎秃鹫踞于后，
有豺狼虎豹嗥于前，
更有魑魅魍魉在往来奔窜，

可还有一个更卑陋，更凶残！
它既不张牙舞爪又沉默寡言，
但它蓄谋将大地碾成碎片，
在欠伸之间便将世界吞咽；

它叫“厌倦”！——闪着无辜的泪眼，
它梦见了断头台，而且还叼着水烟，
读者，你肯定认识这个难缠的魔鬼，
——伪善的读者呵，——我的同类，——我的伙伴！

忧郁和理想

1　降福[①]

奉至尊的大能天使之命[②]，
诗人在厌倦红尘中降生，
他惶恐的母亲指天呵斥，
向悲悯的上帝骂不绝声：

“啊！我甘愿产下一团毒蛇，
也不愿意把这个孽种生养！
该死的春宵，片刻的欢娱，
不想竟怀上这赎罪的孽障！

“万千裙钗中，你偏选我蒙羞，
让我与可怜夫君恩爱付东流，
这侏儒怪物又不能付之一炬，
如同丢掉一纸情书那般顺手，

“你强加给我的仇恨，我把它

---

① 本诗首次发表于1857年第一版《恶之花》。
② 大能天使（les Puissances），《圣经·旧约》中九品天使的第六品。

迁怒到你这恶意的造物上头，
我要狠狠作践这株可恶小树，
让瘟疫的蓓蕾永远不能出头！”

她虽然强咽下怨毒的唾沫，
却远未领悟那深奥的天心，
就这样，她在地狱深处为
自己备下惩治母罪的柴薪。

幸而有一位天使在暗中呵护，
这弃儿得以陶醉于煦阳爱抚，
无论是饮水还是入口的食物，
俱为众神的珍馐与红色仙露。

他偕天风嬉戏，与彩云呢喃，
受难路上行且歌，兴味陶然；
天使伴随他的朝圣之旅，见
他欢笑雀跃也不禁心动泪涟。

他想爱的人对他抱有戒心，
见他端庄沉静便心怀愤恨，
看看谁能惹得他发出怨忿，
好在他的身上试一试残忍。

在他那份应得的酒和饭里，
他们掺进肮脏的涕唾灰泥；
虚伪地扔掉他摸过的东西，
踩到他的脚印也自责不已。

他女人跑到广场大言不惭：
“他既爱我，奉我美若天仙，
那我就要效仿古代的女神，
将浑身上下饰满碧玉金簪；

“我要在各种香料里沉迷，
我还要美酒佳肴和跪拜礼，
看能否从他崇拜我的心底
笑着僭取他对神的敬意！

“玩腻这亵渎把戏我就收场，
纤手如矢，扑向他的胸膛，
我会像哈尔比亚伸出利掌[①]，
穿膛破腹，直捣他的心房。

---

① 哈尔比亚（Harpies），希腊神话中司暴风的有翅女怪。

“像捏住颤抖挣扎的雏鸟一样，
我从他胸中掏出赤热的心脏，
我会满怀鄙夷把它扔在地上，
再让我心爱的宠物吃个精光！”

那坦荡的诗人虔诚伸出臂膀，
看到天庭上的宝座灿烂辉煌，
睿智的神灵迸射出万丈光芒，
将芸芸众生狰狞的面目遮挡：

“降福呵，我主！您恩赐困苦
乃是圣药，荡涤我们的罪污，
乃是至美、至纯的仙丹甘露，
使强者尽享灵魂圣洁的满足！

“我知道在幸福圣徒的行列，
您已经为诗人预留了请柬，
邀他与宝座、美德、权德
诸天使在天堂里亘古狂欢。①

“我知道痛苦乃惟一崇高，

① 宝座天使（les Trônes）、美德天使（les Vertus）和权德天使（les Dominations），分别为《圣经・旧约》中九品天使中的第三品、第五品和第四品。

尘世地狱永远无法蚀销，
为编缀我那顶神秘冠冕，
万世和万物都需要征调。

“可古代棕榈城散逸的宝物①，
不知名的金属或沧海明珠，
即使您亲手镶嵌，也不敌
这顶美丽的桂冠璀璨夺目。

“只因它用纯净光明制成，
汲自太初时的圣火之中，
凡胎肉眼，再光艳晶莹，
也无非黯淡幽怨的镜影！”

---

① 棕榈城（Palmyre），又译巴尔米拉，是叙利亚境内的著名古城遗址，相传为所罗门王所建。1979 年被列入世界文化遗产名录。

2 信天翁[①]

好事水手为打发时光，常将
海上的巨鸟信天翁捕来喂养，
信天翁像游子们的慵懒旅伴，
追随着航船滑行于苦渊之上。

信天翁一旦委身于甲板，
这蓝天之王便笨拙不安，
它可怜地拖着雪白巨翼，
恰似两只船桨挂在身边。

这长羽的旅行者何等委顿软弱！
翱翔矫若游龙，如今可笑委琐！
水手用烟斗戏弄鸟喙，也有的
跛脚取笑这曾叱咤云天的弱者。

---

① 本诗首次发表于 1859 年 4 月 10 日《法兰西评论》。最初该诗只有第 1、2、4 节，在 1859 年 2 月的出版校样上有手写增加的第 3 节。据考证，波德莱尔于 1841—1842 年第一次旅行归来后，便已经写出了这首诗的第 1、2、4 节。1859 年首次发表前，波德莱尔根据友人阿塞利诺的建议对该诗进行修改，并增加了第 3 节。

诗人与这云中君真是何等相像，
他笑傲弯弓，风雨中自由翱翔，
跌落尘寰，便身陷嘲弄的海洋，
拖累它前行的恰是那巨大翅膀。

3　遨游[①]

飞过座座池塘，飞过片片谷地，
飞越森林山岳，飞越沧海云际，
翱翔金乌内外，翱翔太空福地，
遨游星汉灿烂，遨游浩瀚无极，

你是如此轻盈灵动，我的思绪，
仿佛弄潮儿风里浪里销魂痴迷，
你在深邃和广袤中快乐地遨游，
不可名状的男性快感通体洋溢。

你可要远远飞离这致病的瘴气，
到缥缈之地去将心灵净化荡涤，
要像品尝圣酒般啜饮光明之火，
这光明之火正充溢在清虚圣地。

就在厌倦和无尽的忧伤背后，

---

① 本诗首次发表于 1859 年 5 月 17 日《阿朗松报》。

生命笼罩着沉重阴濛的戾气，
惟羽翼强劲者才有福气，能
凌虚飞往那光明的空灵宝地；

只因他的神思像云雀般灵异，
能在清晨自由冲上九垓云际，
——跃然于生命之上，善解
百花丛中那无声万物的细语！

4 交感[①]

大自然有如一座神殿，在那里
充满活力的廊柱不时发出含混的话语；
穿越象征森林的人们，
树木正用亲切的目光注视着你。

宛若远处融合的连串回声，
汇成混沌而又深邃的整体，
像黑暗和光明那样无垠，
香、色、声交织在一起。

芳香似初生儿的清新肌肤，
管乐声一样甜蜜，草原那般碧绿，
——还有腐烂、浓重、辉煌的气息，

---

① 本诗约作于 1845 年，首次发表于 1857 年第一版《恶之花》。在本诗中，波德莱尔提出了“交感”说，认为自然界万事万物互相感应，互为象征；声、色、味相互沟通，视觉、听觉和嗅觉之间存在着深刻的统一。研究者认为，“交感”说的提出，为象征主义诗歌运动提供了理论依据，标志着象征主义诗歌运动的兴起。

也勃发着无穷无尽的生机，

就像龙涎香、麝香、安息香和乳香，

在歌唱着灵与感的交递。

5 “我爱对赤裸的岁月冥思遐想……”①

我爱对赤裸的岁月冥思遐想，
惟腓比斯愿为雕像镀上金妆②。
那时男人女人无不敏捷灵巧，
尽享着无谎无忧的快乐时光，
多情的上天抚慰苍生的脊梁，
人人袒露出天赋的健康强壮。
那时的西贝尔，富饶而多产③，
从不觉养儿育女是累事一桩，
她母狼般胸怀涌动无限仁爱④，
棕色乳房愿将天下苍生喂养。
男人们个个优雅，健美强壮，
做美女之王，自感趾高气扬；
女人们白璧无瑕如清纯鲜果，

---

① 本诗首次发表于 1857 年第一版《恶之花》。

② 腓比斯（Phoebus），即阿波罗，希腊神话中的太阳神和艺术之神。此处指艺术家。

③ 西贝尔（Cybèl），罗马神话中的大地女神。

④ 据罗马传说，罗马城的建立者、战神马尔斯（Mars）的双胞胎儿子罗莫路（Romulus）和勒莫（Remus）在出生后被叔父遗弃深山，一头母狼用乳汁将他们养大。故罗马城的城徽为一头母狼。

肤如凝脂，似召唤拥吻情郎！

可如今的诗人，当他要追想
那往昔的天赋荣光，置身于
男人、女人赤身裸体的现场，
面对阴暗画面他会惊恐万状，
阴风顿起，在灵魂四周游荡。
唉！可怕的畸形为服装感伤！
可笑的躯干！须遮掩的胸膛！
孩子，无情从容的实用之神
用青铜襁褓裹起你们，塞进
可怜弯曲又羸弱臃肿的皮囊！
你们女人呀，唉！面色蜡黄，
遭淫乐毁伤，又靠放荡滋养，
而闺女们又从堕落的母体上
遗传了多产的所有丑恶模样！

我们的民族已堕入腐化之乡，
如今的美女，古人难以想象：
憔悴的面容源自心灵的溃疡，
却有人说那是颓废美的妙象；
然而迟来的缪斯那种种幻想①，

① 缪斯（Muse），希腊神话中司文艺、音乐、天文等的九位女神。此处指诗人。

永远都无法阻挡病态的种族

对青春报以由衷倾心的景仰，

——为圣洁的青春、天真的神情和甜蜜的面庞，

为溪流一般清澈的明眸歌唱，

而青春也如蓝天和鸟语花香，

向天下万物无忧无虑地倾洒

她的芬馥、赞歌和火热情肠。

6　灯塔[①]

鲁本斯，遗忘之川，怠惰之园[②]，
冰肌为枕，欲爱无缘，
生命流淌，涌动无边，
如气在天，如海之渊；

达·芬奇，似镜深邃，镜般幽黯[③]，
可爱天使，浅笑嫣然，
隐现繁荫，神秘扑面，
冰峰松柏，掩映家园；

伦勃朗，凄惶在病院，呻吟辗转[④]，

① 本诗首次发表于1857年第一版《恶之花》。

② 鲁本斯（Peter Paul Rubens，1577—1640），佛兰德斯著名画家，巴洛克画派早期的代表人物，对欧洲绘画产生过重大影响。其画作色彩绚丽，人物肌体丰满，表现出强烈的肉欲和旺盛的生命力。

③ 达·芬奇（Leonardo da Vinci，1452—1519），文艺复兴时期意大利著名画家，与米开朗琪罗、拉斐尔并称为“文艺复兴三杰”。其画作《蒙娜丽莎》以神秘的微笑举世闻名。

④ 伦勃朗（Rembrandt Harmenszoon van Rijn，1606—1669），荷兰著名画家。其作品多为肖像画和圣经题材的绘画，善于通过对光线的巧妙运用，营造出充满悲情的氛围。

硕大十字架，独饰其间，
祈祷加泪眼，污秽发散，
一缕冬日光，透窗乍现；

米开朗琪罗，模糊朦胧境，力士忽出现，
杂处基督间，暮霭复苍然①，
更有幽灵恶，桀骜挺腰杆，
撕扯裹尸布，指爪长且尖；

蒲热，义愤赛拳手，牧神独厚颜②，
尔来欲觅美，惟寻莽汉间，
雄心豪气在，萎黄复衰残，
可怜囚徒王，嗟尔显愁颜；

华多，最喜嘉年华，皇亲情无限③，
恰似花蝴蝶，起舞恣翩跹，

---

① 米开朗琪罗（Michel-Ange，1475—1564），文艺复兴时期意大利著名画家、雕塑家，其创作的梵蒂冈西斯廷教堂天顶壁画，场面宏伟壮丽，人物体态强健，在雄伟壮烈之中另有肃穆恐怖之感。力士，即赫拉克勒斯（Hercules），希腊神话中的英雄，以非凡的力气和勇武的功绩成为大力士的代名词。基督，此处指基督受难图。

② 蒲热（Pierre Paul Puget，1620—1694），法国雕塑家、画家，曾生活在以苦役犯监狱闻名的土伦（Toulon），其作品多以牧神、赫拉克勒斯和囚犯为题材。牧神（Faune），罗马神话中司农林畜牧之神，人身羊足，头上有角，性淫荡，好嬉戏。

③ 华多（Jean-Antoine Watteau，1684—1721），法国18世纪洛可可时期的重要画家，其作品大多描绘王公贵族寻欢作乐的场景。

布景美如画，熠熠生灿烂，
曼妙回旋舞，世人陷狂癫；

戈雅，奇事复奇事，梦魇何连绵，
胎儿鼎中烹，巫魔赴夜宴[①]，
女童身自裸，老妪对镜怜，
愿惑鬼相思，理袜得装扮；

德拉克洛瓦，赤血染碧湖，邪魔频发难，
密林浓荫罩，绿松常相伴，
长天难展眉，号角怪且喧，
恰似韦伯曲，呜咽声声慢[②]；

咒诅何其多，亵渎加仇怨，

---

① 戈雅（Francisco José de Goya，1746—1828），西班牙著名画家，其画风奇异多变，从早期的巴洛克式画风到晚期类似表现主义的作品，对后世的现实主义画派、浪漫主义画派和印象主义画派均产生过重大影响。巫魔夜宴（sabbat），欧洲中世纪传说中巫师和女巫在星期六午夜参加的由魔王主持的盛大宴会。

② 德拉克洛瓦（Eugène Delacroix，1798—1863），法国著名画家，浪漫主义画派的典型代表，善于把抽象的冥想和寓意变为艺术形象，其表达感情的深度与力量以及在描绘运动的激烈和气势方面，很少有人能与之相比。波德莱尔对他终生敬仰。1855年，波德莱尔在其艺术评论《论1855年万国博览会（美术部分）》中，曾对本节诗做过解释："赤血染碧湖：红色；邪魔频发难：超现实主义；密林浓荫罩，绿松常相伴：绿色，红色的补充；蓝天难展眉：作品上汹涌的暴风骤雨的底色；恰似韦伯曲，呜咽声声慢：和谐的色彩唤醒浪漫派音乐的理念。"韦伯（Carl Maria von Weber，1786—1826），德国著名作曲家。

感恩赞美诗，心醉复号喊[①]，
幽返回荡处，万千迷宫间，
尘世枯死心，神圣似鸦片！

千百斥候兵，反复齐呐喊，
宛如指令下，千百号角传；
巍峨若灯塔，千百堡垒燃，
恰似猎人迷深山，众人频召唤！

竭诚告上苍，此为真证验，
吾侪能奉献，仅此一尊严，
哽咽炽热泪，代代复相传，
漫漫无极路，消逝天阶前！

① 感恩赞美诗（Te Deum），原文为拉丁文。感恩赞美诗是合唱乐，最初是为基督教的赞美诗谱曲并在宗教仪式上演唱的音乐作品，后逐渐演变为声乐和器乐的节庆风格，许多著名作曲家曾为各种节庆创作过感恩赞美诗。

7　病中的缪斯[①]

可怜的缪斯！今晨你可安康？
你双眼凹陷，萦绕夜的幻象，
我见你面色晦黯，莫测乖张，
时不时冷漠寡言，恐惧癫狂。

是粉红小妖和暗绿色的淫娘[②]
向你泼洒魔瓶中的爱和恐惶？
是噩梦用它狞厉妄为的魔爪，
拖你沉入传说的敏图纳躲藏[③]？

我愿你充满高贵思想的胸膛
访客如云，弥散健康的芬芳，
愿你基督徒的血脉有致奔淌，

① 本诗首次发表于1857年第一版《恶之花》。
② 淫娘（le succube），宗教神话中专与熟睡中的男子作爱的女魔。
③ 敏图纳（Minturnes），沼泽名，位于罗马南部。传说在罗马内战（公元前88年—公元前31年）中，罗马将军玛里乌斯（Marius）与对手苏拉（Sylla）作战失败，藏匿于敏图纳沼泽，幸得神祇护佑，逃过一劫。

恰似古韵梵歌的混响，那里，
诗歌之父腓比斯与丰收之神，
那伟大的潘恩，在轮番为王[①]。

① 腓比斯（Phoebus），参看第 5 首《“我爱对赤裸的岁月冥思遐想……”》注释。潘恩（Pan），希腊神话中的畜牧和农业之神，性喜嬉戏。

8 自鬻的缪斯[①]

呵，心中的缪斯，味觉的女伴，
当正月之神抖擞出北风的严寒[②]，
雪夜密布阴郁的厌倦，你可有
残薪，供你那冻紫的双足取暖？

当百叶窗外的夜色阑珊，
你能否活动一下冻僵的双肩？
你囊中羞涩，难耐饥寒，
还指望扶摇云霄去摘取金盘？

为了挣得糊口的晚餐，你得
像唱诗童子一般，手摇香炉，
唱着自己都不信的感恩诗篇，

① 本诗首次发表于1857年第一版《恶之花》。
② 正月之神（Janvier），罗马神话中守卫门户的两面神，一副面孔回顾过去，一副面孔眺望未来，象征新旧两年的交接。北风神（Borées），希腊神话中司北风之神。

或像枵腹卖艺人一样抛弄媚眼，
但见凡夫俗子尽开颜，却不见
你眼噙热泪，强作欢颜。

9　劣僧[①]

昔日修道院四壁高墙，
神圣的真理绘满墙上，
壁画温暖虔诚的心灵，
冲淡苦修的阴冷悲凉。

在基督播扬的鼎盛时光，
高僧辈出，今多被遗忘，
他们曾将墓地辟为画坊，
以简约的方式赞美死亡。

——劣僧，我灵魂即是坟圹，
我自古在此起居，漫步遐想；
这可憎的修院高墙无法扮靓。

① 本诗约作于1842—1843年间，是波德莱尔阅读戈蒂耶《忧郁》（*Melancholia*）一诗后的感慨之作，并曾将这首诗的签名誊写稿托付给他的朋友多松（Auguste Dozon，1822—1891，法国作家）保管。首次发表于1851年4月9日《议会信使》，是波德莱尔以《灵薄狱》（*les Limbes*）为总标题发表的11首诗中的第1首。在1850年1月10日致监护人昂塞尔的信中，波德莱尔称这首诗的标题为《活墓》（*Le tombeau vivant*）。

懒僧呵！何当我有闲暇辰光，
亲绘丹青，将凄苦一一画上，
劳作之余，聊供我神怡目爽？

10　仇敌①

我的青春无非是暴雨滂沱，
间或有几缕阳光点点透过；
怎奈得狂风暴雨肆虐摧折，
园中成熟的果实疏疏落落。

如今我既将思绪之秋触摸，
就该拿起铁铲，操起铁耙，
将水毁过的田地重新拾掇，
它洞窟累累，坟一般广阔。

大水冲刷的土地广如荒漠，
不知重焕生机的神秘食粮
我梦想中的新花能否觅得？

——苦寞呵苦寞！生命被岁月蹉跎，
这夙敌正啮噬我们的心窝，
我们的血养得它茁壮蓬勃！

---

① 本诗首次发表于1855年6月1日《两世界评论》，是波德莱尔首次以《恶之花》为总标题发表的18首诗中的第10首。

11 厄运[①]

要想担负起如许重担，
当如西绪福斯般勇敢[②]！
尽管有心回天，奈何
艺术无涯，光阴苦短。

远离名人的墓葬，
迈向荒凉的坟场，
我心如低哑的鼙鼓，
在葬礼行进中擂响。

——沉睡的无尽宝藏，

---

① 本诗约作于1852年，系波德莱尔在对美国诗人朗费罗（Henry Wadsworth Longfellow，1807—1882）的《人生颂》(*A Psalm of Life*）和英国诗人托马斯·格雷（Thomas Gray，1716—1771）的《墓园挽歌》(*Elegy written in a Country Churchyard*）两首诗进行节译的基础上创作的，首次发表于1855年6月1日《两世界评论》，是波德莱尔首次以《恶之花》为总标题发表的18首诗中的第3首。在1852年的手稿上，该诗的标题为《无名的艺术家和无名的艺术家们》(*L'Artiste inconnu et les Artistes inconnus*)。

② 西绪福斯（Sisyphe），希腊神话中的科林斯（Collins）之王，他因狡猾奸诈，背叛宙斯，死后被打入地狱，并被罚每天清晨必须将一块沉重的巨石从平地推上山顶。每当他自以为已经推到山顶时，石头因自身的重量又从山顶滚落下去，屡推屡落，而至于无穷。

镐头探铲鞭长莫及，
埋没于蒙昧与遗忘；

万千孤芳空惆怅，
在深邃寂寞中
暗自弥散暖香。

12 前生①

我曾经久居于恢宏的柱廊，
如火江花喷洒出万道红光，
巍峨的石柱挺拔而又庄严，
暮色中宛若玄武洞府模样。

汹涌浪涛翻滚天堂的影像，
那庄严而神秘的华彩乐章
与我双眸映射的绚烂斜阳
交汇成天籁般的和谐混响。

那曾是我悠然享乐的地方，
满目蓝天、碧海、煦阳，
裸奴穿梭，通体清香，

在用蒲扇为我的额头纳凉，
他一心窥探我痛苦的秘密，
正是这秘密令我黯然神伤。

---

① 本诗首次发表于1855年6月1日《两世界评论》，是波德莱尔首次以《恶之花》为总标题发表的18首诗中的第4首。研究者认为，这首诗是诗人在描写吸食大麻后出现的幻觉。

13　漂泊的波希米亚人[①]

这占卜的部族有火辣辣的目光，

他们昨已上路，把小家伙儿们

驮在背上，或听凭他们饥渴时

饱吮下垂的乳房这随身的宝囊。

男人们仗剑步行，枪戟发亮，

护随在蜷缩家眷的篷车两旁，

将沉郁的目光不时投向上苍，

在感怀梦幻逝去，心绪惆怅。

从藏身的沙洞一隅，蟋蟀

目送他们走过，唱得更响；

怜爱的西贝尔令绿茵葳蕤宽广[②]，

---

① 本诗约作于1852年，首次发表于1857年第一版《恶之花》，是波德莱尔有感于17世纪法国画家卡洛（Jacques Callot，1592—1635）的版画《迁徙中的波希米亚人》（*les Bohémiens en marche*）而作。波希米亚人（Bohémien），即吉普赛人（Gipsy），又称茨冈人（Tzigane），是原居住于印度北部的居民，自10世纪起开始向外迁移，流浪在西亚、北非、欧洲、美洲等地，多以占卜、歌舞为生。

② 西贝尔（Cybèl），参看第5首《"我爱对赤裸的岁月冥思遐想……"》注释。

让花开荒漠，让岩间清泉流淌，
面对着漂泊的游子们，将
幽黯来生的亲切王国开放。

14 人与海[①]

自由人，你永将大海爱恋！
大海如你的镜子，在无边
巨浪中，将你的灵魂再现，
你的心同样是苦涩的深渊。

你对自己的影像流连忘返；
拥抱着它，用臂膀和双眼，
面对狂放原始的不平呐喊，
内心骚动中不时自我排遣。

人呵，无人探出你欲望底线，
海呵，无人知晓你宝藏无边，
你们似一对阴郁谨慎的伙伴，
将这天机竟保守得如此谨严！

历经多少个世纪，多少年，

① 本诗首次发表于1852年10月号《巴黎评论》，标题为《自由人与海》（*L'homme libre et la mer*）。

你们争强斗狠，无悔无怜，
你们如此热衷屠戮和死亡，
真乃永恒斗士，无情伙伴！

15　唐璜坠地狱[①]

当唐璜坠落在冥河岸边，
刚向卡戎递上那枚小钱[②]，
这阴郁乞丐复仇般用力握桨，
神色俨然安提西尼一般傲慢[③]。

女人们裸乳下垂，衣衫散乱，
她们扭动、挣扎在地府阴间，
就像一群牺牲将被献上祭坛，
在他身后发出长串哀嚎哭喊。

斯卡纳赖尔嬉笑着讨要工钱[④]，
唐路易伸出手指，巍巍颤颤[⑤]，

---

① 本诗首次发表于1846年9月6日《艺术家》，标题为《怙恶不悛》（*l'Impénitent*），署名“波德莱尔·迪法伊斯”（Baudelaire Dufaÿs）。唐璜（Don Juan），西班牙民间传说中的传奇人物，以风流倜傥著称。

② 卡戎（Charon），希腊神话中冥河的渡神，他在冥河上摆渡，亡灵们需付一枚小钱，他才把亡灵渡到彼岸。

③ 安提西尼（Antisthène，公元前445—公元前365年），希腊哲学家，苏格拉底的学生，犬儒学派的奠基人。

④ 斯卡纳赖尔（Sganarelle），莫里哀喜剧《唐璜》中的人物，唐璜聪明的仆人。

⑤ 唐路易（Don Luis），莫里哀喜剧《唐璜》中的人物，唐璜的父亲。

他要让嘲笑白发老父的逆子
在冥河两岸的游魂面前现眼。

爱尔薇拉贞洁羸弱，缟素寡欢[①]，
瑟瑟依偎在昔日的薄情郎身边，
像在央求他再最后一笑，
好追忆当初盟誓的甘甜。

石像巨人屹立，甲胄威严[②]，
手操舵杆，劈开冥河黑澜；
这沉静的英雄，身倚长剑，
不闻不见，一心关注航线。

---

① 爱尔薇拉（Elvire），莫里哀喜剧《唐璜》中的人物，唐璜的情妇。

② 石像巨人（grand homme de pierre），莫里哀喜剧《唐璜》故事：唐璜诱奸一位少女，少女之父与其决斗，死于他的剑下。后唐璜偶经死者墓地，嘲弄地邀请墓前石像赴宴。当晚石像应约而至，天空电闪雷鸣，将唐璜殛毙，坠入地狱。

16　骄傲的报应[①]

那令人赞叹的时光神学兴旺，

活力四射，充满无穷的能量，

据说某日有位超凡大师登场，

——他令冷漠的心皈依天堂；

将众生灵魂深处的龌龊涤荡；

然后又穿越未知的奇异之路，

去追寻天国无限的灿烂辉煌，

或许只有纯洁圣灵方能造访——

焉知爬得太高，人就易狂妄，

他难抑魔鬼般的骄傲，肆意叫嚷：

“宝贝耶稣啊！我抬举你高高在上！

只要我戳穿你的伪装，

你就无非是可笑凡胎，

---

① 本诗首次发表于1850年6月号《家庭杂志》，是波德莱尔以《灵薄狱》（*les Limbes*）为总标题发表的两首诗中的第2首，第1首为《正人君子之酒》（*Vin des Honnêtes gens*），即《酒魂》（*L'Âme du Vin*），列于1861年版《恶之花》第104首。据考证，本诗咏叹的是13世纪一位著名的天主教神学家——图尔内的西蒙（Simon de Tournai，约1130—1201），他因自认为得到了三位一体教义的真传而傲慢自大，公然蔑视耶稣，旋即遭到发疯的报应。

荣光不再，羞赧难当！”

他的理智顷刻间烟消云散。
好似阳光蒙上黑纱般暗淡；
他思绪一片混乱，而往昔
却是生动井然富有的圣殿，
穹顶之下曾上演无数盛典。
寂静和黑夜降临到他内心，
似没有锁钥的地窖般黑暗。
从此他就形同路边的牲畜，
昏聩行路，一无所见，
穿过田野，冬夏莫辨，
脏丑无用，废物一般，
沦为娃娃戏耍的物件。

17　美神[①]

凡人呵！我之美如石雕幻梦，
曼妙的酥胸令人人脸肿鼻青，
它生就激发诗人的情思泉涌，
一如物质一般，无言而永恒。

我高居九霄，似斯芬克司捉摸不定[②]；
心如冰雪，天鹅般纯洁晶莹；
我向来万分痛恨线条的移动[③]，
我从不啜泣也从不笑语逢迎。

我从最高傲的艺术珍品中
汲取庄严的神情，诗人们

---

① 本诗首次发表于1857年4月20日《法兰西评论》。

② 斯芬克司（Sphinx），希腊神话中的带翼狮身女怪。传说天后赫拉（Hera）派斯芬克司坐在忒拜城（Thebes）外的山崖上，拦住过往的路人，用缪斯传授的谜语考问他们，猜不中者就会被它吃掉。这个谜语是："什么动物早晨用四条腿走路，中午用两条腿走路，晚上用三条腿走路？腿最多的时候也正是他走路最慢、体力最弱的时候。"俄底浦斯（Oedipus）猜中了正确谜底——人。斯芬克司羞愧万分，跳崖而死。

③ 波德莱尔欣赏闪光和起伏的运动，如水波、船和蛇的运动，认为这种运动的弯曲没有棱角的折裂。

将在苦心孤诣中穷尽一生；

只因我拥有美化万物的明镜，
足令温顺情郎如痴如梦：那
是我闪烁隽永光芒的大眼睛！

18　理想[①]

理想绝非是那商标中的美人，
那无非是浊世中变质的次品，
足登高靴、手摇响板的女人，
充其量只能取悦我等人的心。

这一群莺歌娇啼的病态佳丽，
我全留给贫血诗人加瓦尔尼[②]，
只因在这片苍白的玫瑰丛里，
无一株能与我红色理想相比。

这深渊一般的心，麦克白夫人[③]，
正需要您十恶不赦的灵魂，愿
埃斯库罗斯之梦在暴风中现身[④]；

---

① 本诗首次发表于1851年4月9日《议会信使》，是波德莱尔以《灵薄狱》（*les Limbes*）为总标题发表的11首诗中的第2首。

② 加瓦尔尼（Paul Gavarni，1804—1866），法国诗人、画家。

③ 麦克白夫人（Lady Macbeth），莎士比亚悲剧《麦克白》中的女主人公。

④ 埃斯库罗斯（Eschyle，前525—前456），古希腊悲剧作家。

或像伟大的《夜》那米开朗琪罗之女[①]，

她已安然入梦，却睡态怪异，

但在提坦的口味中别具魅力[②]。

---

① 《夜》(*la Nuit*)，米开朗琪罗在佛罗伦萨美第奇教堂创作的四大著名寓意雕像之一，表现的是一位身材优美的女性，但身体的肌肉松弛无力，右手抱头，昏昏沉睡，脚下的猫头鹰象征着黑夜的降临，枕后的面具则象征着噩梦缠身，寓意她似已精疲力竭，只有在梦境中才能得到安宁。

② 提坦（Titans），希腊神话中曾统治世界的巨神族。

19　女巨人①

大自然在它春情荡漾的时光，
每天都会将巨大的婴孩生养，
我多么想和巨女郎一同生息，
像好色的猫依偎在女王脚旁。

想目睹她灵肉之花同时绽放，
与她在可怕嬉戏中自由成长；
揣摩她潮雾涌动的秋波之下，
是否有愁怨的欲火心中隐藏；

沿着她巨大的双膝攀缘而上，
在她奇伟的躯体上恣意游荡；
有时，赤日炎炎的盛夏时光

① 本诗首次发表于1857年4月20日《法兰西评论》，是波德莱尔以《灵薄狱》（*les Limbes*）为总标题发表的11首诗中的第3首。在《1859年的沙龙》中，波德莱尔曾这样解释："在自然界或艺术中，假设价值相当，我更偏爱较大者，如巨兽、奇景、大船、壮男、巨女和巍峨的教堂等等，而且，无论审美情趣如何变化，我总认为从美的角度出发，规模大小并非是毫不重要的。"

令她倦卧在辽阔的原野之上，
我多想在她乳荫下坠入梦乡，
宛若山脚下那座宁静的农庄。

20　面具

——文艺复兴风格的寓意雕像

献给雕塑家欧内斯特·克里斯托夫[①]

请看这翡冷翠韵味的珍藏[②]，
看她丰肌起伏，曲线流畅，
似女神的姊妹，仪态万方。
如天生的尤物，令人赞赏，
婀娜娉婷，天赐一般健康，
她生当端坐于奢华的牙床，
去取悦闲暇的祭司和君王。

——看那细腻性感的狎笑，
在迷醉中带着自负的轻狂；
狡黠、慵懒和讥诮的眼神，

① 本诗首次发表于1859年11月30日《当代评论》。欧内斯特·克里斯托夫（Ernest Christophe，1827—1892），法国雕塑家，波德莱尔的朋友。在《1859年的沙龙·雕塑部分》中，波德莱尔对克里斯托夫创作的雕像《人间喜剧》（*la Comédie humaine*）大为赞赏。后克里斯托夫以此为题，重新创作了一尊大理石雕像，命名为《面具》（*Le Masque*），陈列于巴黎土伊勒里宫花园。

② 翡冷翠（Florence），通译佛罗伦萨，意大利地名，文艺复兴运动的发源地。

一袭薄纱矫饰造作的脸庞。
每条细纹都似得意洋洋，在说：
“爱神为我加冕，逸乐召我安享！”
看吧，优雅具有何等魅力，
竟赋予这生命以天赐妙像！
近些，对她的美仔细端详。

呵，亵渎的艺术！注定的惊惶！
这象征幸福的女人虽玉体曼妙，
可向上看去，却是个双头魔王！

——不！那只是面具，是诱人假象，
精致的矫饰能使她的面孔焕发容光，
你看，这儿，才是她真正面庞，
满脸皱纹，一副丑样，真面目
却在骗人的堂皇假面之下隐藏。
可怜呵，大美人！你泪河
浩荡，涌入我忐忑的心房；
你的假象令我陶醉，我的灵魂
在你泪涌的苦海之中痛饮欢畅！

——可这绝代佳丽为何热泪盈眶？
她能令人类败伏脚旁，又有何种

神秘之恶能令她健美的腰肢毁伤?

——傻瓜，她哭，因为她已阅尽沧桑!
可依然要活在世上! 但令她
双膝颤抖的悲伤，却偏偏是
明日复明日，唉! 日久弥长!
明天，后天，永远! ——像你我一样!

21 美神颂歌①

你来自幽远天庭还是出自地狱?
美神呵，你目光圣洁而又暴戾，
你恣意地抛洒着恶行和善举，
难怪人们会把你与美酒相比。

你明眸中蕴含着落日朝阳;
如风雨中的夜晚弥散幽香，
你的唇似酒樽，吻如媚药，
你令英雄气短，童子豪壮。

你出自黑暗深渊还是降自星斗?
被诱惑的命运像你裙下的走狗;
你随意地播种着欢乐和灾难，
你惟我独尊，却又毫不任咎。

美神，你脚踏尸身，面露讥笑;

① 本诗首次发表于 1860 年 10 月 15 日《艺术家》。

戾神不算你饰品中最媚的珠宝，
你最钟爱的精巧饰物当属凶神，
它正在你高傲肚皮上煽情舞蹈。

痴迷蜉蝣像追逐明烛般向你游去，
烧得噼啪响，还唠叨：祝福火炬！
又似情郎俯在美人身上粗喘吁吁，
面带着濒死的人抚摸坟墓的神气。

你出自地狱或来自天堂又有何妨？
美神呵，你这恐怖天真的大魔王！
你能否用媚眼、狎笑和纤纤细足
将爱而陌生的无极之门为我开敞？

天使海妖，上帝魔王，又有何妨[①]？
——世上若少些丑恶的沉重时光，
目光温柔的仙女，那你就是芬芳，
是韵，是光，更是我至尊的女王！

① 海妖，即塞壬（Sirène），又称美人鱼，是希腊神话中长着美女面孔和鸟身的海妖，拥有美丽的歌喉，常用歌声诱惑过往的航海者而使航船触礁沉没。

22 异域之香①

闷热的秋夜，我将双眼闭上，
饱嗅你情热胸脯上阵阵芬芳，
如见幸福的海滨在眼前延展，
似火的骄阳下万物闪闪发亮；

慵懒小岛，大自然格外赏光，

---

① 本诗约作于1842—1843年间，首次发表于1857年5月17日《阿朗松报》，咏唱的对象是让娜·迪瓦尔。在《恶之花》中，有一组诗篇被称为“让娜组诗”（*Cycle de Jeanne*），系波德莱尔为其女友让娜·迪瓦尔而作。让娜·迪瓦尔（Jeanne Duval，1827—?），原名让娜·莱沫尔（Jeanne Lemer），又名让娜·普罗斯佩尔（Jeanne Prosper），出生于海地，是一个极富野性魅力的黑白混血儿，有“黑维纳斯”的美称。波德莱尔于1842年继承父亲的遗产后，经常与友人同游巴黎的圣安东尼门剧场，爱上了在那里当演员的让娜并与之同居。让娜对波德莱尔的事业没有丝毫了解，但为他带来了男人所需要的最大幸福和快乐。1859年，让娜一度中风。两年后，波德莱尔与其分手，但在她又老又病的处境中，波德莱尔仍把她当作旧日的情人、现在的孩子，用他微薄的收入帮助她生活下去。《恶之花》中的“让娜组诗”共22首，除本诗外，还有1861年版《恶之花》中的第23首《秀发》、第24首《“我崇拜你有如黑暗苍天……”》、第26首《尚未餍足》、第27首《“她摇曳波动的衣裙……”》、第28首《蛇舞》、第29首《腐尸》、第30首《来自深处的求告》、第31首《吸血鬼》、第33首《黄泉中的悔恨》、第34首《猫》、第36首《阳台》、第37首《魔鬼附体》、第38首《幽灵》、第39首《“我留赠给你这些诗篇……”》、第58首《午后的歌》、第63首《鬼魂》、第83首《自惩之人》、第115首《贝雅特丽姬》和1866年《吟余集》中的第4首《忘川》、第6首《首饰》以及1868年第三版《恶之花》增补诗中的第7首《哀伤的情歌》。

遍地是奇花异树，瓜果飘香；
男人们体魄矫健，器宇轩昂，
女人们眼神坦率，惹人心慌。

你的芬芳引我来到迷人地方，
我见到一个樯帆点点的海港，
海浪颠簸下，船儿摇曳荡漾，

此时，青葱的罗望子的清香①
在空中飘荡，充溢我的鼻腔，
我心底里融入水手们的歌唱。

① 罗望子（tamarinier），又称酸角，热带植物，果实为荚，果肉可入药。

23 秀发[①]

呵，羊毛般卷曲的秀发垂到颈项！
呵，那发卷漫不经心地发散幽香！
令人心旌摇荡！长眠于秀发上的
回想，为了你今夜能在幽室留香，
我愿这秀发像罗帕般在空中飘荡！

亚细亚的倦怠，阿非利加的火烫，
那遥远迷失、又几近泯灭的异邦，
都再现于你浓密丛林一样的发香！
就仿佛万物生灵在迎着歌声远航，
爱人呵！在你的发香中我心荡漾。

我要去到那生机盎然的远方，
树木和人在热浪中久已迷狂；
大辫子呵，请化作托举我的巨浪！

① 本诗首次发表于1859年5月20日《法兰西评论》，系咏唱让娜·迪瓦尔之作。除本诗外，波德莱尔在其散文诗《巴黎的忧郁》（*le Spleen de Paris*）第17篇《秀发中的半球》（*Un hémisphère dans une chevelure*）中，也咏唱了让娜·迪瓦尔的秀发。

乌木海呵，请让桨手彩旗和樯帆
为我承载起那奇妙而旖旎的梦想：

那是一个喧嚣的海港，我心
在畅饮着香、色、声的琼浆；
船只滑行在金光粼粼的水面，
它们张开宽阔的臂膀，拥抱
晴空下振颤隽永炽热的辉煌。

我要把自己爱得发狂的头颅
埋入你这海中海的黑色大洋；
让微颤的柔抚使我敏感的心
将你丰饶的倦怠呵再度寻访！
那甜美的闲适，无尽的摇荡！

蓝色秀发似黑夜撑起的营帐，
你赐给我一碧青空浑圆宽广；
在你毛茸茸的发绺岸旁，我
陶醉了，陶醉于椰油、柏油
还有麝香那浑然一体的芬芳。

地老天荒！红蓝宝石和珍珠，
我将在浓发中为你亲手种上，

惟愿你，永勿漠视我的欲望！
尔非绿洲，足令我魂牵梦萦？
亦非酒觞，款我以怀旧琼浆？

24 “我崇拜你有如黑暗苍天……”[①]

我崇拜你有如黑暗苍天，
愁之瓶呵，你缄默无言，
我爱你美人，当你避得远远，
盼你能出现，伴我长夜绵绵，
怎奈何造化弄人，相距遥远，
将我的手臂与广袤蓝天阻断。

我匍匐前进，我发起冲击，
犹如蛆虫一般向腐尸聚集，
乖戾的小兽呵，我钟爱你！
愈冷漠，愈见你美艳无比！

① 本诗约作于1843年，系咏唱让娜·迪瓦尔之作，首次发表于1857年第一版《恶之花》。

25　“你想把天地置于床笫之间……”①

你想把天地置于床笫之间，
孽妇！厌倦使你灵魂凶残。
为了你用怪诞的游戏磨牙，
每天要将一颗心放你嘴边。
你双眸像灯红酒绿的商店，
又像节日的烛台熠熠光闪，
你用僭取的魅力颐指气使，
却从不知晓何为美的顾盼。

瞽且聋的机器，无比凶残！
吞噬世人鲜血，貌似保健，
你为何毫不羞惭？殊不见
你镜中的风韵正烟消云散？

① 本诗是波德莱尔的早期作品之一，首次发表于1857年第一版《恶之花》，系为萨拉（Sara）而作。萨拉是巴黎拉丁区一位年轻的犹太裔妓女，绰号“斜眼”（Louchette），有“十字街头维纳斯”的美称。波德莱尔于1840年与其相识，并曾为她写过三首诗，除本诗外，还有1861年版《恶之花》中的第32首《“入夜，我依偎可怕的犹太女郎……”》和《青春集》第2首《“我的情妇并非一头显赫的狮王……”》。

你曾自诩精通的崇高之恶，
并不曾令你因恐惧而收敛，
莫测高深的自然，你何时
把女人这魔头当工具使唤，
——用这贱兽将天才磨炼？

呵，污秽的伟大！崇高的卑贱！

26 尚未餍足[①]

古怪女神，你褐色肌肤泛着夜光，

发散出麝香和烟草混合出的芬芳，

你是荒原的浮士德，奥比的杰作[②]，

是乌木为腰的女巫，午夜的姑娘，

相比于阿芙蓉和美酒佳酿[③]，

我更爱你的樱唇吐露迷香；

当我的欲望结队向你飞奔而去，

你双眼是我那厌倦畅饮的水塘。

黑色的双眸是你的灵魂之窗，

无情魔女呵，少把情火喷放；

---

① 本诗约作于1842—1843年间，系咏唱让娜·迪瓦尔之作，首次发表于1857年第一版《恶之花》。

② 浮士德（Faust），德国传奇中的人物，将灵魂出卖给了魔鬼。奥比（obi），发源于非洲的一种原始巫术，常使用草本、藤类植物的药性来加强巫术的施行。后随着黑奴被贩运到美洲，此种巫术也流行于美国南部及西印度群岛的黑人当中。

③ 阿芙蓉（opium），即鸦片。美酒佳酿，原文系两种酒的名字——贡斯当斯（constance）和努伊（nuits），均原产于南非的开普敦城附近。

我并非将你拥抱九次的怨河[1]，

唉！为挫你锐气，为让你绝望，

放荡的梅日尔，我也不能化身

冥王之妻，登上你地狱的花床[2]！

① 怨河（Styx），希腊神话中地狱的一条河，因在冥界盘绕九次，故有“九曲冥河”之称。

② 梅日尔（Mégère），希腊神话中的复仇三女神之一。冥王之妻，即珀耳塞福涅（Proserpine），罗马神话中冥王的妻子，性淫荡。

27 “她摇曳波动的衣裙……”①

她摇曳波动的衣裙珠光宝色，
漫步时亦有如起舞婆娑，
仿佛在激情艺人的指挥棒下
按节奏翩翩舞动的长蛇。

如沉闷黄沙和大漠蓝天，
她全然不觉人间的苦难，
如呼啸海浪撒下的巨网，
她旁若无人，尽态极妍。

迷人的宝石化为她明亮的眼睛，
天性中充满奇特和象征，纯洁
天使与古老斯芬克司交相辉映，

可这无非金与铁、钻石和光明，
虽弥久闪光，却如孤星般无用，
女人不生育，空显冰冷的庄重。

① 本诗首次发表于 1857 年 4 月 20 日《法兰西评论》，系咏唱让娜·迪瓦尔之作，原标题为《十四行诗》(*Sonnet*)。

28　蛇舞[①]

懒虫，多爱看你
　　那美妙的身体，
像块闪动的软缎，
　　肌肤光鉴可喜！

从你的秀发深处，
　　发出撩人芳香，
像海洋芬馥激荡，
　　泛起蓝褐波光。

像条苏醒的小舟
　　晨风之中起航，
我灵魂中的遐想
　　神游邈远天堂。

你双眸从不表露

① 本诗首次发表于1857年第一版《恶之花》，系咏唱让娜·迪瓦尔之作。

温柔抑或悲切，
像对冰冷的珍珠，
熔铸黄金与铁。

看你的莲步轻移，
美人好个婀娜，
就有如木梢之上
翩翩起舞的蛇。

慵懒重负下，你
婴孩般的颈项
柔弱得左摆右晃，
仿佛一头幼象。

看你的娇躯伸展，
宛如精巧小船，
一任你左右翻滚，
海水浸没樯帆。

轰然消融的冰川，
激起惊涛拍岸，
当你的檀腮含津，
翻涌贝齿堤岸，

我如饮放纵酒浆，

　　酸涩又复兴狂，

繁星满天的青空

　　漂浮在我心房。

29　腐尸[①]

爱人，可记得那日景象，
　　就在明媚的夏日晨曦：
曲径拐角的卵石河床上，
　　有具腐恶丑陋的尸体，

它四肢朝天就像个荡女，
　　温热的尸身蒸腾毒气，
姿态放肆而又恬不知耻，
　　露出的肚腹臭气四溢。

骄阳照射这具腐败的生物，
　　要把它炙烤得恰到好处，
好像把大自然生发的一切
　　又要千百倍归还造物主；

① 本诗约作于1842—1843年间，系为让娜·迪瓦尔而作，首次发表于1857年第一版《恶之花》。据说波德莱尔曾在画室和咖啡店内高声朗诵该诗，引起片片哗然，作家圣伯夫指责他“迷恋可怕的事物”，他也因此而获得了“尸体文学诗人”的雅号。但雕塑家罗丹却对本诗大为激赏。

上天将这美妙腐尸凝望，
　　好像是在观赏鲜花开放，
刺鼻的恶臭，随风飘荡，
　　你险些熏倒在草地之上。

苍蝇嗡嗡逐臭于糜烂肚皮，
　　爬出黑压压成团的蝇蛆，
蝇蛆沿着臭皮囊蜿蜒蠕动，
　　仿佛是流动的黏稠液体。

蛆虫爬上爬下似潮水一般，
　　还吐着细泡，东进西钻，
被恶浊之风吹胀的尸体内
　　似乎有生命在继续蕃衍。

仿佛四周发出古怪的乐声，
　　似流水淙淙，又似清风，
还像扬麦的农夫节奏分明，
　　任簸箕翻飞，筛选麦种。

形体死灭，浮生便若梦幻，
　　如未就的画稿中途搁浅，
面对遗忘的画布无从下笔，

画家只能徒将记忆呼唤。

岩石后有条焦躁的母狗，
瞪着我们，凶光外露，
窥测时机，想从尸骸上
夺回嘴边失落的腐肉。

——早晚您也会像这烂肉一样，
成为可怕的腐尸，恶臭四扬，
就是您，我的天使，我的激情，
我目中星辰，我生命的太阳！

是的！优雅的女王呵，临终圣事[①]
既办，您就将如此惨淡，
在繁花和野草下长眠，
在累累白骨中霉烂。

美人呵！当蛆虫吻您啃您，
您可要细语温存，
您就说，我的爱虽已分解，
却永葆爱之形神！

① 临终圣事（les derniers sacrements），又称傅油圣事，是天主教徒临终前的宗教仪式，包括告解、赦免、傅油、圣体等，系天主教的七大圣事之一。

30　来自深处的求告 ①

求你怜悯，惟一至爱的你，
我的心已跌至幽暗的渊底。
愁闷的世界，铅色的天际，
黑夜中游荡着亵渎和恐惧；

冰凉的太阳天上飘荡半载，
其余六个月夜色笼罩大地；
这是比极地还荒芜的国度，
无青葱之树，无动物小溪！

这世上的恐惧，既然无法
与那冰冻太阳的冷酷相比，
无垠的黑夜仍似混沌初辟；

① 本诗首次发表于1851年4月9日《议会信使》，系咏唱让娜·迪瓦尔之作，是波德莱尔以《灵薄狱》（*les Limbes*）为总标题发表的11首诗中的第4首，原标题为《贝雅特丽姬》（*La Béatrix*）。1855年6月1日再发表于《两世界评论》，标题改为《忧郁》（*Spleen*）。

我便对最卑贱的动物更加
妒忌，它能浑噩入梦，可
光阴线团仍绕得慢条斯理！

31　吸血鬼[①]

你呵，就像一把利刃，
捅进了我哀怨的心底；
你呵，盛装疯癫而至，
有如群魔般孔武有力，

我屈辱的魂灵，沦为
你的床笫和你的领地；
——如囚徒镣铐加身，
我仿佛已与卑贱同体。

就像醉鬼离不开酒瓶，
就像赌徒沉迷于牌局，
就像腐尸任蛆虫麇集，
——该死，该死的你！

我乞求那三尺利剑，

① 本诗首次发表于1855年6月1日《两世界评论》，系咏唱让娜·迪瓦尔之作，是波德莱尔首次以《恶之花》为总标题发表的18首诗中的第5首。

夺回我自由的权利，
我呼唤致命的毒剂，
想要拯救我的卑鄙。

唉！可毒药和利剑
却对我充满了鄙夷：
“你还不配我们把你
解脱出该死的奴役，

“蠢货！我们若帮你，
把你从魔窟中救离，
可一旦你再度亲吻，
吸血鬼又还魂附体！”

32　“入夜，我依偎可怕的犹太女郎……”①

入夜，我依偎可怕的犹太女郎，
就仿佛尸首挨着尸首一样，
凝视这卖笑肉体，思绪又飞向
我渴望和忧思的美丽姑娘。

心中又重现她天生的高尚，
秋波中流淌着优雅和力量，
秀发像头盔般弥散着芳香，
这爱的回忆重燃我的欲望。

我会遍吻你那高贵的娇躯，
从乌亮发髻到纤秀的脚掌，
发掘出你情爱深深的宝藏，

哦狠心女王！盼某个晚上
你能真情释放并热泪盈眶，
冲淡你秋波中的冷艳寒光。

---

① 本诗是波德莱尔的早期作品之一，约作于1842—1843年间，系为萨拉而作，首次发表于1857年第一版《恶之花》。

33 黄泉中的悔恨[①]

我的黑美人，当你将在
黑色大理石墓碑下长眠，
你的闺房宅邸，无非是
墓室和墓穴，积水塌陷；

当墓石压着你风情万种的
腰肢和你怯弱的胸膛，
你的芳心不再跳动和向往，
纤足再不能追逐情场，

坟茔是我无穷梦想的知音，
（它与诗人总是心心相印），
无眠长夜会对你倾谈交心，

它会说：“并不完美的风尘女郎呵，
要你何用？你不懂得逝者的悲伤！”
——悔恨如蛆，咬得你百孔千疮。

---

① 本诗首次发表于1855年6月1日《两世界评论》，系咏唱让娜·迪瓦尔之作，是波德莱尔首次以《恶之花》为总标题发表的18首诗中的第7首。

34　猫[①]

来，美猫，依偎我多情心房；
　　请把利爪缩回脚掌，
让我在你的美目中徜徉，
　　它闪烁青铜玛瑙的光芒。

当我的十指悠然地爱抚
　　你的头和弹性的脊梁，
当我摩挲你带电的身体，
　　双手便陶醉愉悦之乡，

想起我的女人，那目光，
　　宠猫，竟然和你酷像，
深邃冰冷，锋利似投枪，

　　从头至踵，弥散着
灵气和危险的芳香，
　　在棕色娇躯旁飘荡。

---

① 本诗约作于1852年，系咏唱让娜·迪瓦尔之作，首次发表于1857年第一版《恶之花》。

35 决斗[1]

两斗士手持武器殊死较量，
空气中四处弥漫血雨刀光。
这赌斗，这铁器间的碰撞，
是为情而苦的青春在哭嚷。

利剑折断！如我们的青春年华，
爱人！还有牙齿和尖利的指甲，
即刻出手，为失利的刀剑雪耻，
——哦，爱恨情仇是多么可怕！

深谷中常有山猫和雪豹出没，
英雄们死命撕扯着向下滚落，
血肉令枯黄的荆棘绽放花朵。

——这深渊是众多友朋的地狱！
无情女，为仇恨之火绵延不息，
让我们也义无返顾地滚落下去！

---

① 本诗首次发表于 1858 年 11 月 19 日《艺术家》。

36　阳台[①]

我的回忆之母，情人中的情人，
你呵，是我全部敬意全部欢欣！
你可会缅怀那爱抚的美妙温存，
还有黄昏的绮丽，炉边的温馨。
我的回忆之母，情人中的情人！

炉火之夜，阳台上的缠绵，
夜幕笼罩着玫瑰色的轻烟。
酥胸多销魂！心地多良善！
我们常有刻骨铭心的倾谈。
炉火之夜，阳台上的缠绵。

炎热的黄昏，绚丽的夕阳！
天空多深沉，春心多顽强！
我俯身向你，崇拜的女王，
便仿佛嗅到你血脉的芳香。

---

① 本诗首次发表于1857年5月17日《阿朗松报》，系咏唱让娜·迪瓦尔之作。

炎热的黄昏，绚丽的夕阳！

夜色朦胧，宛若一道帷墙，
暗中我将你眸中秘密猜想，
啜饮娇喘，鸩毒呵！甜香！
你纤足安睡在我温暖手掌。
夜色朦胧，宛若一道帷墙。

我深谙如何唤回美景良辰，
依偎在你双膝间鸳梦重温。
你慵倦之美何须他处探寻？
你的美就是你的玉体芳心。
我深谙如何唤回美景良辰。

那盟誓、那无穷的吻和那芬芳，
可否在无底的深渊中再度生长？
一如大海深处出浴的太阳，
重焕青春，再次跃上穹苍？
——呵，盟誓！呵，无穷的吻！呵，芬芳！

37　魔鬼附体[①]

金乌罩上了黑纱一片[②]。
生命之月呵！请像它蒙上黑暗；
随意睡觉吸烟，切记阴沉无言，
完全浸入厌倦的深渊；

这样我很喜欢！倘若你今天
想如蚀后的星辰走出黑暗，
在疯狂充斥之地神气活现，
那好！出鞘吧，可爱的短剑！

就让你双眸中燃起烛火之焰！
就让欲望在莽汉的眼中点燃！
你灵动或病恹，我全都喜欢；

---

① 本诗作于1858年，系咏唱让娜·迪瓦尔之作，首次发表于1859年1月20日《法兰西评论》。据研究者考证，该诗的最后一节系波德莱尔在阅读法国作家卡佐特（Jacques Cazotte，1719—1792）的小说《多情魔鬼》(*Le Diable amoureux*）后有感而作。此外，波德莱尔在其散文随笔《火箭》(*Fusée*）第12节中也曾写到卡佐特和他的《多情魔鬼》。

② 黑纱，指日蚀。

无论黑夜朝霞，全凭君调遣；

我周身振颤，神经无不呼喊：

“爱你别西卜呵，崇拜亿万年[①]！”

① 别西卜（Belzébuth），《新约·马太福音》中的鬼王。

38　幽灵[①]

一、黑暗

阴冷的地窖深不见底，
命运之神已将我遗弃；
玫瑰色的欢快阳光从此别离；
惟有夜神相伴，她面色阴郁，

我像被上帝嘲弄的画家，
唉！判决我为黑暗作画；
如厨师将悲伤当作调料，
我将自己的心烹煮煎炸。

倏忽间，有个闪亮颀长的身影，
仿佛是优雅和华美造就的幽灵。
当她全部身姿显现，露出真容，

---

① 本诗作于 1860 年 3 月，系咏唱让娜·迪瓦尔之作，首次发表于 1860 年 10 月 15 日《艺术家》。1859 年 4 月，让娜·迪瓦尔中风瘫痪，诗人在伤感之中写下这组充满哀伤和回忆的诗。

那东方的神韵恍若梦境，
我认出了我那美丽访客：
是她！黑肌肤光彩晶莹。

二、芳香

读者，你可有过如许时光，
沉醉和怡然地品味芬芳，
无论弥漫教堂的乳香气息，
还是香囊中陈年的麝香？

令人陶醉的魅力奇特悠长，
再现出往昔流逝的时光！
若情郎俯身于醉人的玉体，
从回忆中采撷美妙花香。

闺房的香炉，活性的香囊，
从柔软浓密的秀发深处
弥漫蛮荒和野性的芬芳，

还有她薄呢和丝绒的衣裳，
无瑕的青春在那里徜徉，
散发出一种皮草的芳香。

三、画框

尽管出自于名家的画笔，
配上好画框也如虎添翼，
与广阔的自然一旦脱离，
我便感无名的诧异惊喜，

金银珠玑，璎珞家具，
正匹配她的绝代美丽；
其他的饰品全当陪衬，
她至美光彩无法遮蔽。

甚至有人提及，说她
自信是万人迷；会将
她的裸体淹没于罗绮，

在丝绸的亲吻中快意，
一颦一笑，亦疾亦徐，
显出猿猴般优雅童趣。

四、肖像

情火已为我们熊熊点燃，
病与死将我们化为灰烟。

无论是吞噬我心的芳唇，
还是热烈而温柔的双眼，

从慰藉一样疯狂的亲吻，
到比阳光还炽热的爱恋，
何所剩？可怕呵，灵魂！
竟如三色素描那般惨淡[①]，

我会在孤寂中走向生命终点，
而时光之神，这偏袒的老汉，
每天用坚硬的翅膀抹去时间……

生命与艺术的杀手虽仍凶险，
但她镂刻在我记忆中的快乐
和荣耀无法泯灭，直至永远！

---

① 三色素描（trois crayons），一种用黑、白、红色粉笔在蓝色或米色的纸张上所作的素描，是 18 世纪初法国画家华多（Jean-Antoine Watteau，1684—1721）等人的典型作品。

39 “我留赠给你这些诗篇……”[①]

我留赠给你这些诗篇，是为
大名若有幸停泊在遥远纪元，
如扬帆的航船偏得朔风欢喜，
某晚令世人的脑海梦想联翩，

对你思念，那仿佛天方夜谭，
犹如絮叨的扬琴令读者疲倦，
但借助于亲密和神奇的纽带，
回忆将与我高傲的诗韵永伴；

从阿鼻地狱到九天，除了我，
有谁会为挨骂的你挺身呼喊！
——你呵，似幽灵昙花一现，

用轻灵的脚步，从容的慧眼，
去蔑视对你品头论足的蠢蛋，
你如大神的雕像，铜额亮眼！

① 本诗首次发表于1857年4月20日《法兰西评论》，原标题为《十四行诗》（*Sonnet*），是波德莱尔咏唱让娜·迪瓦尔的最后一首诗。

40 永如是[①]

您曾问："你这奇愁缘自哪里，
像海潮漫过乌黑赤裸的岩壁？"
——当心灵一旦收获了忧郁，
生即为苦。此乃周知的秘密，

这十分单纯的痛苦并无神秘，
就如同您的快乐，谁都明悉。
哦，好奇美女，别刨根问底！
闭上嘴，尽管你能莺歌燕语！

---

① 本诗首次发表于1855年6月1日《两世界评论》，咏唱的对象为萨巴蒂埃夫人，是波德莱尔首次以《恶之花》为总标题发表的18首诗中的第6首。萨巴蒂埃夫人（Mme. Apollinie Sabatier，1822—1889），原名阿格拉伊·萨瓦蒂埃（Aglaé Savatier），是个私生女，年轻时来到巴黎作了交际花。她心地善良，是公认的美女，有"白维纳斯"的美称。她的沙龙里经常有知名的文人和艺术家聚会，雨果、缪塞、戈蒂耶、圣伯夫、福楼拜、大仲马、柏辽兹、马奈、龚古尔兄弟等都是她家的常客，并尊称她为"女议长"（la Présidente）。1843年，波德莱尔与之结识，对她怀有柏拉图式的爱，并为她写下了许多匿名情书和赠诗。《恶之花》中的"萨巴蒂埃夫人组诗"（*Cycle de Mme. Sabatier*）共11首，除本诗外，分别为1861年版《恶之花》中的第41首《她的一切》、第42首《"今晚你有何言……"》、第43首《活的火炬》、第44首《反诘》、第45首《告白》、第46首《心灵的曙光》、第47首《黄昏的和声》、第48首《香水瓶》和1866年《吟余集》中的第5首《致一位过于快乐的女郎》、第10首《赞歌》。

住嘴，无知女！心灵永惊喜！
憨笑似孩提！可与生命相比，
死神屡施妙手，将我们羁縻。

请让我，让我心沉醉虚幻里，
美梦般在您美目中舒展沉溺，
在您眉睫的浓荫里永久安憩！

41 她的一切[①]

魔鬼今晨造访，
来到我阁楼里，
他存心想问我尴尬问题，
劈头便说："我最想知悉，

"世上精华汇集凝聚，
天成她全部的魅力，
黑色和粉红的色彩，
勾勒出她迷人娇躯，

孰最美丽？"——哦，灵魂！
你回答这讨厌东西：
"她的一切皆为慰藉，
便无所谓孰高孰低。

"她的一切都令我狂喜，

① 本诗首次发表于 1857 年 4 月 20 日《法兰西评论》，系咏唱萨巴蒂埃夫人之作。

不知有何再让我着迷。
她宽慰心灵宛若长夜，
绚烂夺目又仿佛晨曦；

“如此精致与和谐统一，
支配着她的迷人娇躯，
琢磨分析都徒劳无益，
难以把握和谐的韵律。

“哦，她的变化莫测神秘，
与我的感受已合而为一！
她的呼吸幻化音乐旋律，
她的声音弥散馥郁香气！”

42 “今晚你有何言……”[①]

今晚你有何言，可怜孤寂之魂，
心呵，你有何言，我破碎的心？
面对绝美、至善和至爱的女人，
是她神圣的凝视令你重获青春。

——我们都衷心地将她颂扬：
万物也比不上她威权的馨香；
她的仙风艳骨有天使的馥郁，
顾盼中为我们披上光明霓裳。

长夜漫漫，或寂寞孤独，
人海茫茫，或通衢坦途，
她灵如火炬，空中曼舞。

有时，幽灵会漱玉吐珠：“我美，
爱我就应爱美，此乃我之叮嘱；
我是守护神，是缪斯也是圣母。”

① 本诗首次发表于1855年1月15日《巴黎评论》，系咏唱萨巴蒂埃夫人之作。1854年2月16日，波德莱尔将这首诗匿名寄送给萨巴蒂埃夫人。

43　活的火炬[①]

走在我前面的慧眼充满光明，
定是智天使的磁力幻化而成；
这前行的神圣兄弟是我弟兄，
将钻石般的火花摇进我双瞳。

你从陷阱和重罪中将我救赎，
又引领我踏上寻访美的坦途；
你是我仆人，我是你的家奴；
我全身心听从活的火炬吩咐。

迷人的慧眼闪烁神秘的光芒，
恰似白昼燃烧的烛光；太阳
红光万丈，不敌你神奇闪光；

蜡烛赞美死亡，你将觉醒颂扬；
行进中请为我灵魂的顿悟歌唱，
任何太阳也无法遮挡你的星光！

---

① 本诗首次发表于 1857 年 4 月 20 日《法兰西评论》，系咏唱萨巴蒂埃夫人之作。1854 年 2 月 7 日，波德莱尔将这首诗匿名寄送给萨巴蒂埃夫人。

44 反诘[①]

快乐安琪尔，您可知不安，
可知羞愧悔恨，呜咽厌倦，
还有莫名恐惧的惊悚夜晚，
它摧折人心如揉皱的纸团？
快乐安琪尔，您可知不安？

善良安琪尔，您可知仇怨，
可知双拳暗攥和不甘泪眼，
当复仇女神擂响地狱战鼓，
她化身我们的威权指挥官？
善良安琪尔，您可知仇怨？

健康安琪尔，您可知伤寒，
可知似流民一般步履蹒跚，
沿着苍白的病院高墙辗转，

---

① 本诗首次发表于 1855 年 6 月 1 日《两世界评论》，系咏唱萨巴蒂埃夫人之作，是波德莱尔首次以《恶之花》为总标题发表的 18 首诗中的第 8 首。1853 年 5 月 3 日，波德莱尔将这首诗匿名寄送给萨巴蒂埃夫人，原诗无标题。

追寻罕见阳光，双唇寒颤？
健康安琪尔，您可知伤寒？

美丽安琪尔，您可知皱瘢，
可知红颜逝去和可憎恨怨，
情人眼中对献身暗藏恨厌，
我们曾眼神贪婪留连忘返？
美丽安琪尔，您可知皱瘢？

安琪尔幸福欢乐，光明灿烂，
垂死的大卫王也会向您乞怜①，
从您迷人娇躯求得不老金丹；
安琪尔呵，只求您为我祈愿，
安琪尔幸福欢乐，光明灿烂！

---

① 大卫王，古以色列王。《旧约·列王记上》第一章："大卫王年纪老迈，虽用被遮盖，仍不觉暖。所以臣仆对他说，不如为我主我王寻找一个处女，使她伺候王，奉养王，睡在王的怀中，好叫我主我王得暖。"

45　告白[①]

一次，仅一次，可爱甜美的女郎，
　　您那光滑的臂膀
靠在我手臂上（在我阴郁的心底，
　　这记忆不曾遗忘）；

夜色昏黄；一轮明月孤悬天上，
　　宛若锃亮的勋章，
月色庄严，仿佛一条大江，
　　在沉睡的巴黎流淌。

沿着房屋和宽阔门廊，
　　猫儿溜过，悄无声响，
竖耳谛听，或像可爱影子
　　与我们缓随相傍。

---

① 本诗首次发表于 1855 年 6 月 1 日《两世界评论》，系咏唱萨巴蒂埃夫人之作，是波德莱尔首次以《恶之花》为总标题发表的 18 首诗中的第 9 首。1853 年 5 月 9 日，波德莱尔将这首诗匿名寄送给萨巴蒂埃夫人，原诗无标题。

月光迷蒙，无拘无束的亲密
　　花般开放，您口中
忽然发出音乐般华丽的声响，
　　振颤着愉悦的闪光，

那音色，似军号般欢畅，
　　沐浴清晨的霞光，
又有个哀婉古怪的音符
　　在悠悠颤颤流淌，

像个阴晦女童，孱弱肮脏，
　　家人因她脸上无光，
为提防她抛头露面，长年
　　在地窖中将她匿藏。

可怜的天使，您脱口吟唱：
　　“天下万事皆无常，
纵使机关算尽，粉饰堂皇，
　　自私终露出本相；

“做个美女，实在平庸寻常，
　　原本是苦差一桩，
如舞女冷漠狂放，晕倒时

　　仍机械媚笑如常；

“构筑心灵爱巢更是愚妄；
　　爱与美终是美梦黄粱，
迟早被扔进遗忘的行囊，
　　返还给那永恒的虚妄！”

我常回想那轮迷人皓月，
　　万籁俱寂，倦怠颓丧，
回想您面对我心的告白，
　　倾诉奇怪的幽幽衷肠。

46　心灵的曙光[①]

红亮的曙光和啮人的憧憬
结伴照射进堕落者的房中，
神秘的报复力量恃强逞能，
令天使在混沌半睡中苏醒。

心灵天国那遥不可及的青空，
向着因梦想而痛苦的沮丧者，
带着深渊的诱惑开启、合拢。
亲爱女神，纯洁光辉的生灵，

在低俗的欢宴上，烟笼残羹，
你迷人的倩影分外明亮粉红，
在我圆睁的双眼前翻飞舞动。

① 本诗首次发表于 1855 年 6 月 1 日《两世界评论》，系咏唱萨巴蒂埃夫人之作，是波德莱尔首次以《恶之花》为总标题发表的 18 首诗中的第 10 首。1854 年 2 月 7 日，波德莱尔将这首十四行诗匿名寄送给萨巴蒂埃夫人，并以英语附言："欢娱凄美的夜晚之后，我全部的灵魂已属于您。"

烛光暗淡，太阳飞升；

你的幻影如太阳永恒，

灵魂闪光，无往不胜！

47　黄昏的和声[①]

时辰到了，花儿在枝头振颤，
朵朵花如香炉般将芬芳弥散；
声与香在晚风之中萦绕回旋；
忧郁的华尔兹，倦怠的昏眩！

朵朵花如香炉般将芬芳弥散；
小提琴似受伤的心泣诉幽怨；
忧郁的华尔兹，倦怠的昏眩！
凄美的天空像个巨大的祭坛。

小提琴似受伤的心泣诉幽怨；
温柔心厌弃虚无的广漠黑暗！
凄美的天空像个巨大的祭坛；
太阳在凝结的碧血之中沉陷。

温柔心厌弃虚无的广漠黑暗，

① 本诗首次发表于1855年6月1日《两世界评论》，系咏唱萨巴蒂埃夫人之作，是波德莱尔首次以《恶之花》为总标题发表的18首诗中的第11首。

要从辉煌往昔采撷光环遗斑！

太阳在凝结的碧血之中沉陷……

对你的思念似圣体发光烁闪！

48　香水瓶①

世上有浓香，万物不能挡。
人言道，芳香能穿透玻璃，
用来开启源自东方的宝箱，
锁头不情愿，吱嘎乱叫嚷，

又有衣柜留在荒废的旧房，
发散岁月呛味，多尘黑黄，
偶见古旧香水瓶犹存余香，
鲜活的灵魂逸出归来无恙。

万千思虑沉睡如阴郁的蛹，
在浓重的黑暗中缓缓蠕动，
继而展翅跃上高空，色彩
交织蔚蓝、金黄、蔷薇红。

令人沉醉的回忆曼舞于浊气；

① 本诗首次发表于1857年4月20日《法兰西评论》，是波德莱尔咏唱萨巴蒂埃夫人的最后一首诗。

此刻它双目紧闭；昏眩攫取
已失败的灵魂，双手推着它
向人间瘴疠的无底深渊走去；

将它在千年深渊旁打翻在地，
发臭的拉撒路在撕扯裹尸衣[①]，
霉变和阴森迷人的旧情不绝，
这鬼魂在还魂中扭动着身体。

这样，当我有朝一日淡出世人
回忆，如古旧的香水瓶被丢进
阴森衣柜的一隅，龟裂，孤寂，
污秽，多灰，发黏，令人鄙夷，

我便是你的棺椁，可爱的瘟疫！
那时我能见证你的毒效和威力，
天使秘制的昂贵毒剂！这液体
将我消融，哦，我心死别生离！

---

① 拉撒路（Lazare），《圣经·新约》中的麻风病人，死后四天，在耶稣的呼唤声中复活。典出《新约·约翰福音》第12章。

49　毒液①

美酒善将最龌龊的陋室

　　装扮得富丽堂皇，

又擅长在红雾的金光中

　　浮现虚构的柱廊，

仿佛彤云密布中的斜阳。

鸦片善将无边感觉延长，

　　把无垠空间拓广，

它提升快感，延展时光，

　　忧伤无望的快意

① 本诗首次发表于1857年4月20日《法兰西评论》，系波德莱尔为玛丽·多布伦而作。玛丽·多布伦（Marie Daubrun，1827—1901），原名玛丽·布鲁诺，生于荷兰，十六岁时迁居巴黎，在蒙马特尔的小剧场里演戏，扮演过莫里哀喜剧《伪君子》中的女主角。玛丽·多布伦是一位碧眼美女，有"碧眼维纳斯"的美称，1847年在出演梦幻剧《金发美女》（*la Belle aux Cheveux d'Or*）时与波德莱尔相识。此后九年间，他们曾两度同居。1856年，玛丽·多布伦投入波德莱尔的好友、诗人邦维尔的怀抱，结束了三人之间长期的三角关系。波德莱尔咏唱玛丽·多布伦的"玛丽组诗"（*Cycle de Marie*）是《恶之花》中十分动人的篇章，共11首，除本诗外，分别为第50首《暗淡的天空》、第51首《猫咪》、第52首《美丽的小舟》、第53首《邀游》、第54首《无法救治》、第55首《倾谈》、第56首《秋歌》、第57首《致一位圣母》、第64首《秋之十四行诗》和第98首《虚幻之爱》。

充斥着灵魂，超出容量。

美酒和鸦片，何足与你
　　碧眼的毒液相仿，
我心在碧湖中颤栗彷徨……
　　梦与幻蜂拥而至，
要在这苦渊中一解渴想。

这些哪堪与你摄魂湿吻
　　那可怕魔力相仿，
它令无悔灵魂耽于遗忘，
　　又驱赶我的昏眩，
孱弱垂死，滚落冥河旁！

50　暗淡的天空[①]

有人说你目光中笼罩飘渺雾气；
神秘双眸（是蓝，是灰或碧绿？）
时而含情脉脉，时而冷酷迷离，
烘托出天空的慵倦和暗淡无力。

你唤醒了纯洁温馨依稀的回忆，
令着魔的心灵在泪雨之中沉迷，
当无名的苦闷撕扯着人的心绪，
过敏的神经反嘲弄混沌的思虑。

你有时又宛若美妙的天际，
被雾季阳光燃得熊熊火起……
仿佛暗淡天空洒下的红光，
湿润氤氲的景致何等壮丽！

呵，危险女郎，诱人的天气！

---

① 本诗首次发表于1857年第一版《恶之花》，系咏唱玛丽·多布伦之作。

冷若霜雪，我是否依然爱你，

从肃杀的严冬，我能否寻觅

比冰和铁更刺人心肠的快意？

51　猫咪[①]

一

它漫步在我的脑海里，
俨然在自家一般惬意，
强健温情迷人的美猫，
喵喵叫时似悄无声息，

音色多轻柔，多隐蔽；
或低嚎，或平心静气，
总是低沉而富有情义。
此乃它的魅力和秘密。

猫叫声均匀地浸润在
我最阴冷黯淡的心底，
充溢我心似隽永诗句，
又像春药般令我欣喜。

---

① 本诗首次发表于1857年第一版《恶之花》，系咏唱玛丽·多布伦之作。

它既能平复剧痛，
又治愈种种痴迷；
它可以不着一辞，
却蕴涵无穷隽语。

是的，完美的琴虽无
琴弓，却震撼我心底，
请更庄重地拨动心弦，
演奏更加动人的旋律，

你的叫声呵，猫咪，
神秘、圣洁、神奇，
一切仿佛天使附体，
精妙，和谐，统一！

二

它金褐相间的毛皮
弥散着曼妙的香气，
某夜我仅摩挲一次，
浓香再也挥之不去。

这宠物精灵自由来去；

它裁断、主宰和安排
自己领地的一切事理，
它是神灵，还是仙女？

当我双眼像受到磁吸，
便将目光顺从地转向
这只我最宠爱的猫咪，
又在内心里审视自己，

在它那苍白的眸子里，
我惊奇地发现了火炬，
这明灯般活的猫眼石
凝视着我，脉脉无语。

52 美丽的小舟[①]

哦，多想告诉你，柔美魔女！
青春装扮你的千般美丽；
　　想将你的美诉诸画笔，
那童稚与成熟浑然一体。

当你拖曳的长裙撩起微风，
像美丽小舟朝大海驶去，
　　扬起风帆，摇曳飘逸，
伴随柔曼和舒缓的韵律。

浑圆的颈项，丰满的肩臂，
你高昂着头，优雅无比；
　　面带安详骄矜的神气，
我行我素，这端庄少女。

哦多想告诉你，柔美魔女！

---

① 本诗首次发表于 1857 年第一版《恶之花》，系咏唱玛丽·多布伦之作。

青春装扮你的千般美丽；
　　想将你的美诉诸画笔，
那童稚与成熟浑然一体。

你酥胸高耸，拥簇波纹胸衣，
骄人的胸脯似衣橱般美丽，
　　闪光的镜板高高地隆起，
仿佛盾牌与闪电搏击相吸；

盾顶端是诱人的玫瑰色凸起！
珠玑满橱，藏着温馨秘密，
　　美酒、奇香和陈年佳酿，
一切都不禁令人意乱神迷！

当你拖曳的长裙撩起微风，
像美丽小舟朝大海驶去，
　　扬起风帆，摇曳飘逸，
伴随柔曼和舒缓的韵律。

当你高贵的玉腿踢起裙裾，
撩拨挑逗着阴暗的情欲，
　　像一对女巫在深瓮里
搅动媚药那黑色的液体。

爱戏谑早熟力士的玉臂，
恰似闪光巨蟒的劲敌[①]，
　　生来就为缠绕情郎，
仿佛要把他拴在心底。

浑圆的颈项，丰满的肩臂，
你高昂着头，优雅无比；
　　面带安详骄矜的神气，
我行我素，这端庄少女。

---

① 力士（Hercules），指赫拉克勒斯，传说他在摇篮中曾扼杀两条蟒蛇。参看第6首《灯塔》注释。

53　邀游[①]

　　小妹，好乖乖，
　　想想，多甜蜜，
去那儿，和你住一起！
　　尽情共相爱，
　　老死不分离，
在与你相像的国度里！
　　湿润的阳光，
　　濛濛的云翳，
对我心有无穷的魅力；
　　真情的媚眼，
　　如此的神秘，
泪花尽处，光彩熠熠。

那里，有序，美丽，
奢华，宁静，快意。

① 本诗首次发表于1855年6月1日《两世界评论》，系咏唱玛丽·多布伦之作，是波德莱尔首次以《恶之花》为总标题发表的18首诗中的第12首。玛丽·多布伦出生于荷兰，本诗描写了诗人想象中的荷兰景色。波德莱尔在其散文诗《巴黎的忧郁》（*le Spleen de Paris*）中写有同名散文。

　　流光的家具，
　　被岁月磨砺，
装点着我们的幽居；
　　奇花和异草，
　　交织着香气，
弥漫龙涎香的气息，
　　深邃的铜镜，
　　堂皇的屋脊，
尽显出东方的魅力，
　　万物对心灵
　　窃窃在私语，
是故乡温情的话语。

那里，有序，美丽，
奢华，宁静，快意。

　　你看运河边，
　　船儿在梦里，
它们生性便喜游历；
　　为能满足你
　　那点滴希冀，
便从天涯海角云集。

　　——夕阳残照里，

　　为辽阔大地、

运河和市集

　　披上紫金衣；

　　世界已安息，

在暖光中睡去。

那里，有序，美丽，

奢华，宁静，快意。

54　无法救治[①]

我们能否抑制悔恨？它古老悠长，
　　还活着，身体扭动晃荡，
一如尸身上的蛆虫，靠我们喂养，
　　又像毛毛虫寄生橡树上。
我们能否抑制悔恨？它古老悠长。

有何灵丹妙药，酒石药汤，
　　能将这夙敌溺亡？
这个毁灭者，它贪狠如娼，
　　像蚂蚁坚忍顽强。
有何灵丹妙药，酒石药汤？

讲吧，漂亮女巫，哦，知道就讲，

---

① 本诗作于1847年，系咏唱玛丽·多布伦之作，首次发表于1855年6月1日《两世界评论》，是波德莱尔首次以《恶之花》为总标题发表的18首诗中的第13首，原标题为《致金发美女》(*A la Belle aux cheveux d'or*)。1847年，由科尼亚尔兄弟（Charle-Théodore et Jean-Hippolyte Cogniard，1806—1872和1807—1882，法国剧作家和导演）改编自多尔努瓦夫人（Mme. d'Aulnoy，1651—1705，法国女作家）的梦幻剧《金发美女》在圣马丁门剧场上演，由玛丽·多布伦担任女主角，这首诗即是波德莱尔观看演出之后而作。

　　瞧这生灵，他愁苦满腔，
就仿佛在伤员挤压之下濒临死亡，
　　又惨遭铁蹄的蹬踏重创，
讲吧，漂亮女巫，哦，知道就讲，

这濒死的人，早已引来了饿狼，
　　乌鸦也正在垂涎窥望，
告诉这垂死挣扎的士兵！没有
　　坟墓，没有十字勋章；
这可怜的濒死者早已引来饿狼！

污浊漆黑的苍天，谁能照亮？
　　谁能划破暮色茫茫？
浓过沥青，没有黑夜与朝阳，
　　无阴森闪电和星光。
污浊漆黑的苍天，谁能照亮？

客栈小窗内，闪烁的希望
　　被吹熄，永远死亡！
月黑风高夜，迷途的游子，
　　何处是栖身的地方！
魔鬼吹熄客栈希望的烛光！

可爱女巫，你喜欢被咒群氓？
　　说，你可知罪不容谅？
你可知，悔恨似剧毒的箭矢，
　　靶子却是我们的心房？
可爱女巫，你喜欢被咒群氓？

无法救治用它该死的利齿啃光
　　我们的心这可悲的墓葬，
还常常像白蚁那样不断地蛀蚀，
　　对建筑物从根基上毁伤。
无法救治用它该死的利齿啃光！

——我有时在残破剧场守望，
　　乐队在嘈杂地奏响，
有位仙女，在地狱似的天上
　　奇迹般地点亮霞光；
我有时在残破的剧场里守望，

这生灵身披罗纱，金光罩身上，
　　令伟岸撒旦也自愧沮丧；
可我的心呵，从未曾大喜过望，
　　在久久翘首期待的剧场，
盼罗纱长翼之人，却总是失望！

55　倾谈[①]

您似秋日的晴空，粉红而明亮！
可我心中的愁绪似涨潮的海浪，
待落潮时分，愁闷双唇空留下
苦涩的沙滩那令人灼痛的回想。

——你手何必爱抚我麻木的胸膛；
女友呵，你的纤手正在探访
被女人尖牙利爪蹂躏的旧伤。
别再找了；我心已被狗吃光。

我的心如饱受玷污的殿堂；
群氓酗酒残杀，揪发撕抢！
——您却酥胸裸露，弥散清香！……

哦，美人，心之无情枷锁！
你双眸似狂欢般火热明亮，
要将疯狗吃剩的残渣烧光！

① 本诗首次发表于1857年第一版《恶之花》，系咏唱玛丽·多布伦之作。

56 秋歌[①]

一

我们就要沦入阴冷的黑暗；
再会吧，骄阳，夏日苦短！
我已听到枯枝忧郁的哀叹，
坠落小径，坠落深深庭院。

严冬将在我心重返：愤懑，
仇怨，苦役，颤栗和憎厌，
宛若红日坠落在北极地狱，
我的心只能是赤红的冰团。

我忐忑地聆听每根枯枝折断；
远比搭建断头台的闷响愁惨。
我心仿佛羊头撞锤下的城堡[②]，

① 本诗首次发表于 1859 年 11 月 30 日《当代评论》，系咏唱玛丽·多布伦之作，副标题为“献给 M.D”，即玛丽·多布伦。

② 羊头撞锤（bélier），古代的一种攻城工具。

在无尽的重击声中轰然塌陷。

单调的撞击声令我头晕目眩，
似某处有人火急钉着棺材板。
为谁？——昨犹盛夏；今已深秋！
这神秘之声恰似送葬的鼓点。

二

我爱您细长双眸间流翠的波光，
温柔美人，如今万事令我神伤，
无论您的爱，还是客厅和炉火，
我看都不抵海面上艳丽的太阳。

甜心，爱我吧！就像慈母一样，
即便我是薄幸儿，或凶恶无良；
请像恋人或姊妹赐我片刻温馨，
哪怕是华美秋日，或一抹斜阳。

时不我待！贪婪坟墓正在窥望！
呵！请让我将头依偎在你膝上，
缅怀灿亮的夏日骄阳，
品味金色的晚秋柔光！

57 致一位圣母①

——仿西班牙风格的许愿辞

圣母，女主人，在苦痛的深渊
我愿为你筑造一座地下的祭坛，
远离嘲笑的目光和红尘的欲念，
在我心中最黑暗的一隅，为你
挖个壁龛，用碧蓝和黄金妆点，
再安放上你的塑像，引人赞叹。
我用高雅诗句编织纯金的栅栏，
缀满精思的韵脚，水晶般璀璨，
为你在头顶加冕华盖般的桂冠；
哦人间圣母，我还要满怀嫉羡，
将一袭番邦风格大氅为你裁剪，
大氅坚挺厚重，内衬要用猜嫌，
让它似岗亭般将你的魅力遮掩；

① 本诗作于1859年，系为玛丽·多布伦而作，首次发表于1860年1月22日《漫谈》。据让·波米埃（Jean Pommier，1893—1973，法国文学史研究专家）在《走在波德莱尔之路》（*Dans les Chemins de Baudelaire*）一书中记载，这首诗是1859年波德莱尔得知玛丽·多布伦与他的好友、诗人邦维尔双双共赴法国南方后写下的，诗中充满嫉妒和怨艾的告白。

不镶珍珠，只镶上我泪珠串串！
你的长袍，将是我战栗的欲念，
欲望起伏蜿蜒，携我入地升天，
在峰顶上摇曳，在深谷中安眠，
用吻将你白皙红润的玉体盖满。
我要用景仰之心，为你做一款
漂亮的绣鞋，供你的玉足作践，
柔软的绸缎，将玉足紧紧裹缠，
恰便似忠实的模子将印模保管。
我虽尽心竭力，若仍不能雕琢
一轮明月般的银盘镶你的踏板，
我就把咬得我肝肠寸断的毒蛇[①]
放在你脚边，听任你蹂躏消遣，
救赎众生的胜利女王，莫放过
这恶魔，它满腹的毒液与仇怨。
你会看到我的思绪似排排蜡烛，
妆点花团锦簇的童贞圣母祭坛，
蓝色穹顶上，镶嵌起繁星点点，
久久将你凝视，如冒火的双眼；
既然我全身心将你爱恋和赞叹，
一切都将变为香料，历久弥散，

① 蛇象征嫉妒。

频频膜拜你，白雪皑皑的峰顶，
我心潮澎湃，恰一似雾卷云翻。

最后，为你玛利亚角色的圆满，
也为搀杂起爱和野蛮这阴暗的
快感！我这刽子手将满怀疚歉，
要用七宗罪锻造出锋利无边的①
七把匕首，像黑心的江湖巨骗，
把目标锁定你情爱深深的心坎，
支支匕首全插进你抽动的心间，
那呜咽的心间，那泣血的心间！

---

① 七宗罪（Sept Péchés），基督教以傲慢、贪婪、淫欲、暴怒、饕餮、嫉妒、怠惰为七宗罪，认为这是必遭永劫的七种大罪。

58　午后的歌[①]

你蹙眉样子很调皮，
令你的神情怪异，
那并非天使的模样，
你这媚眼的巫女，

我爱你呵，风流女，
可怕激情充满胸臆！
就如同虔诚的教士
对着偶像膜拜顶礼。

大漠和森林，
熏香你粗硬发髻，
你搔首弄姿，
像隐含禅机咒语。

幽香弥漫你的冰肌，

① 本诗首次发表于1860年10月15日《艺术家》，系咏唱让娜·迪瓦尔之作。

似香炉环绕着你；
你如黄昏一样迷人，
热情黑肤的仙女。

呵！最厉害的春药，
难与你的慵倦匹敌，
而且你最善于温存，
死人都会重现生机！

你的丰胸和背脊，
使你腰肢充满爱意，
惹人爱怜的慵懒，
连床垫也心醉神迷。

有时，为了要平息
对你神秘的狂迷，
你也一本正经送上
吻咬，毫不吝惜；

你折磨我，棕色美女，
带着戏谑的笑意，
又将温情如月的一瞥
投射进我的心里。

在你的缎鞋之下，
在丝般迷人的脚底，
我带着莫大欣喜，
供奉全部命运才艺，

我的灵魂因你而痊愈，
只因你光明绚丽！
黝暗的西伯利亚心底，
激情迸发出奇迹！

59　西西娜[1]

君不见戎装狄安娜优雅无比[2]，
驰骋莽莽密林，行猎于荆棘，
秀发酥胸临风，喧哗中沉迷，
对最优秀的骑手也高傲睥睨！

君不见那嗜血情人泰洛阿妮[3]，
鼓动着赤脚的民众发起攻击，
面赤眼红，她已进入了角色，
徒步仗剑，登上王宫的阶梯？

温柔女侠西西娜，那就是你！
你心中的悲悯之情不让杀气；
痴迷硝烟战鼓彰显你的勇气，

---

① 本诗约作于1858—1859年，首次发表于1859年4月10日《法兰西评论》。西西娜（Sisina），本名爱丽莎·涅莉（Elisa Nieri或Neri、Guerri），系萨巴蒂埃夫人的女友，生平不详。

② 狄安娜（Diane），罗马神话中的狩猎女神与月亮女神。

③ 泰洛阿妮（Théroigne de Méricourt，1762—1817），法国大革命时期著名的女英雄，曾参加攻占巴士底狱的战斗，绰号“自由女神的女战士”（*l'Amazone de la Liberté*）。

但对乞降者却懂得垂下武器，

你烈火般的柔情，总是在为

那些值得同情之人揾泪唏嘘。

60 弗朗索瓦兹之颂[①]

我谱写新曲把你颂赞，
哦，小亲亲呵，你在
我孤寂的心灵中游玩。

请戴上你的花冠吧，
哦，甜美的女人呵，
万恶因你而被赦免！

仿佛在仁慈的忘川[②]，
我从你亲吻中畅饮
充满着磁性的甘泉。

当邪恶的暴风雨

① 本诗首次发表于 1857 年 5 月 18 日《艺术家》，原诗为拉丁文，现据于勒·穆凯（Jules Mouquet，1867—1946，法国作曲家）的法译文译出。在 1857 年第一版《恶之花》和 1866 年《吟余集》中，该诗有副标题“为一位博学而虔诚的女制帽商而作”（*Vers composés pour une modiste érudite et dévote*）。

② 忘川（Léthé），希腊神话中的忘却之河，是冥间的五条河流之一，鬼魂饮此河水，就会忘记尘世的苦乐。

将所有道路阻断，
女神，你在我面前出现，

你仿佛救命的星辰，
照亮苦海中的沉船……
——我把心奉献在你的祭坛！

你是注满美德的水池，
你是永恒青春的源泉，
你能使我的哑口开言！

卑贱的，你将它焚尽；
崎岖的，你令它平坦；
懦弱的，你让它志坚。

饥困时，你是我的客栈，
入夜后，你是我的灯盏，
迷途中，你指引我向前……

请再为我把力量增添。
馨香温情的沐浴，
馥郁的芬芳弥漫！

哦，贞洁之带，
它经圣泉浸染，
闪耀在我腰间；

你是宝石酒杯剔透亮闪，
你是撒盐面包般的美餐，
弗朗索瓦兹，圣酒天仙。

61　致一位白裔夫人[①]

在艳阳爱抚的芳香之邦，有位
不为人知的白裔夫人魅力无双，
我与她在姹紫嫣红的树下相识，
棕榈树向双眼洒下倦怠的目光。

白皙热情，这迷人的棕发美娘，
顾盼回眸，衬托出闺秀的端庄；
颀长苗条，像狩猎女神般轻盈，
面带娴静的微笑和自信的目光。

夫人，您若去正宗的荣耀之邦，
塞纳河畔或茵绿的卢瓦尔河旁[②]，

---

① 本诗是波德莱尔的早期作品之一，作于1841年10月，咏唱的是德·布拉加尔夫人，首次发表于1845年5月25日《艺术家》。1841年9月，波德莱尔游历毛里求斯岛时，受到毛里求斯法官兼种植园主奥达尔·德·布拉加尔（Autard de Bragard，1808—1876）及其夫人艾米莉·德·布拉加尔（Mme. Emeline Autard de Bragard，?—1857）的款待。1841年10月20日，波德莱尔从波旁岛（今留尼汪岛）将这首诗寄给了德·布拉加尔先生。原诗无标题。白裔，即克里奥尔人（créole），指印度洋岛屿和安的列斯群岛等地的白种人后裔。

② 卢瓦尔河（la Loire），法国河名，横亘法国中部，两岸的古堡名闻遐迩。

您的美貌与老宅古堡绝配无双，

在浓荫掩映的幽居，您将激发
诗人心中的不竭诗情为您歌唱，
如黑奴般听命于您明眸的闪光。

62　苦闷与漂泊[①]

告诉我，阿嘉特，你心可曾飞翔[②]？
逃离污秽之城的黑暗之海，
飞往一片水色天光的海洋，
童贞般湛蓝，深邃，明亮？
告诉我，阿嘉特，你心可曾飞翔？

海，浩瀚的海，请抚慰劳顿时光！
飓风这巨大风琴轰隆作响，
为大海那喑哑的歌手伴唱，
何方魔怪赋予它催眠秘方？
海，浩瀚的海，请抚慰劳顿时光！

捎上我，渡船！带走我吧，车厢！

---

① 本诗首次发表于1855年6月1日《两世界评论》，是波德莱尔首次以《恶之花》为总标题发表的18首诗中的第14首。

② 阿嘉特（Agathe），女性名，不知所指何人。波德莱尔在散文随笔《卫生》（*la série Hygiène*）中曾描写过一位名叫阿嘉特的女子："孩子般的发型，头发卷曲，垂在肩上。脸部化了妆……涂了胭脂……袒胸露肩的裙子……极细的丝袜……雅致的吊袜带……极细嫩的脚和手，香气弥漫……"

再远点！这里是泪河泥塘！
——阿嘉特果真伤心地讲：
远离悔恨罪恶，远离忧伤，
捎我吗，渡船？带上我吗，车厢？

您是那样遥远，馥郁芬芳的天堂，
湛蓝明亮，充满爱和欢畅，
人之所爱，那里尽数崇尚，
心沉醉于圣洁欣悦的殿堂！
您是那样遥远，馥郁芬芳的天堂！

原来，那是童年之爱的绿色天堂，
那亲吻游逛，那花束歌唱，
小提琴在山峦后悠然奏响，
还有林间暮霭，美酒流觞。
——原来是童年之爱的绿色天堂，

可有短暂欢乐充溢在圣洁天堂，
比印度和中国更遥不可望？
哀鸣能否呼唤它重返大地，
用清越歌声令它活力激昂？
可有短暂欢乐充溢在圣洁天堂？

63　鬼魂[①]

我似褐眼天使，
重返你的闺房，
伴着浓浓夜影，
无声将你依傍。

我吻冷若月亮，
送你棕发女郎，
还有缠绵爱抚，
似蛇盘绕坟圹。

清晨露出微光，
我床早已空荡，
至夜冰冷如霜。

他人温情脉脉，
爱你生命春光，
我便独辟蹊径用恐惶。

---

①　本诗首次发表于1857年第一版《恶之花》，系咏唱让娜·迪瓦尔之作。

64 秋之十四行诗[①]

你水晶般的明眸仿佛对我窃语：
“冤家，我哪儿好，让你欢喜？”
——行了，闭嘴！我激愤不已，
除非远古驯兽能让我平心静气，

我的心不愿袒露地狱的隐秘，
催眠女正招手邀我永久安息，
我不愿披露火写的黑暗传奇，
我痛恨激情，理性让我窒息。

让我们相爱甜蜜。哨所里，爱神
已张开宿命之弓，阴郁而又隐蔽。
他武库中十八般兵器我样样熟悉：

罪恶、疯狂、恐惧！——哦，苍白的雏菊！

---

① 本诗首次发表于 1859 年 11 月 30 日《当代评论》，系为玛丽·多布伦而作。

如此白皙冷漠的玛格丽特呵[①]，

你是否亦如我，似秋阳低迷？

① 法语中，“雏菊”一词（marguerite）与作为人名的玛格丽特（Marguerite）发音相同。“白皙冷漠的玛格丽特”，所指何人不详。

65 月之愁[①]

今夜，月亮带着慵倦入梦；
好似美人斜倚着衾枕重重，
她漫不经心和轻柔的纤手
在入睡前轻轻地抚弄酥胸，

背靠松软如缎的滚滚云层，
娇弱的她陷入久久的怔忡，
双眼逡巡着片片白色幻影，
仿佛怒放的鲜花升腾碧空。

有时，在闲适的倦怠之中，
她任清泪滴落云层，地上
有位虔诚的诗人恰难入梦，

便将苍白的泪珠捧在手中，
珠泪似乳白石屑映射彩虹，
他避开太阳之眼存放心中。

① 本诗约作于 1850 年前后，首次发表于 1857 年第一版《恶之花》。

66　群猫[①]

学者庄重严谨，恋人热情洋溢，
人生成熟之际，个个喜爱猫咪，
猫是家中骄傲，温柔亲和有力，
深居恰似学者，畏寒一如情侣。

猫是知识之友，又是享乐伴侣，
耽于恬静安逸，追寻夜之刺激；
假若收敛傲气，甘心愿受奴役，
或可进入地狱，充当阴冷坐骑[②]。

当它沉思冥想，一派高贵神气，
好像狮身女怪，孤寂舒展巨躯，
又似美梦连绵，兀自酣睡不起；

---

① 本诗首次发表于 1847 年 11 月 14 日《海盗—撒旦》。
② 原文为埃莱伯（Erèbe）。埃莱伯是希腊神话中的混沌之子、夜神之兄和日神之父。在诗歌中常代指地狱。

猫咪腰身丰腴，毛色光泽神奇，

眸中碎金点缀，细腻宛若砂粒，

点点神秘星光，飘忽扑朔迷离。

67 猫头鹰[①]

郁郁的紫杉成荫，
猫头鹰安营布阵，
圆睁冥思的赤目，
俨若远方的游神。

沉静若泥胎木身，
候伤感时辰来临，
等黄昏推走斜阳，
待黑夜站稳脚跟。

那举止启示贤人，
面对着俗世沉沦，
当谨怀敬畏之心；

沉溺于过眼烟云，
便难逃惩戒厄运，
只因总不守本分。

---

① 本诗首次发表于1851年4月9日《议会信使》，是波德莱尔以《灵薄狱》（*les Limbes*）为总标题发表的11首诗中的第5首。

68 烟斗[①]

我是一位作家的烟斗，
像东非女人又似班图[②]，
望我一眼便心中有数，
我主人烟瘾大到无度。

每当他陷入万般痛苦，
我便成了冒烟的茅屋，
仿佛在那里备饭下厨，
为了款待收工的农夫。

当我的口中吞云吐雾，
网状的青烟袅袅飘忽，
将他的灵魂抚慰拥簇，

---

① 本诗首次发表于 1857 年第一版《恶之花》。

② 原文为阿比西尼亚女人（Abyssinienne）和卡菲尔女人（Cafrine）。阿比西尼亚人即今东非埃塞俄比亚人。卡菲尔人是非洲东南沿海一带讲班图语的黑人。

又似搅动强力的药物，

让他的心灵迷醉恍惚，

医治精神的疲劳痛楚。

69 音乐[①]

音乐常像大海令我心动！
　　向着暗淡的星，
在雾霭之下或浩瀚太空，
　　我想扬帆启程；

我充气的肺和挺起的胸，
　　恰似帆樯迎风，
我攀缘滔天巨浪的峰顶，
　　眼前夜幕重重；

我感到受难之舟的悲情
　　在我心中涌动；
顺风、暴雨和每次抽动

　　在深渊中将我
撼动。时而又浪静风平，
　　如绝望之大镜！

---

① 本诗首次发表于 1857 年第一版《恶之花》，表达了诗人对德国作曲家瓦格纳（Wilhelm Richard Wagner，1813—1883）音乐作品的赞赏。

70 墓地[①]

若有心地良善的教徒，
在某个阴森森的晚上，
在那古老的废墟后面
将你潦倒的尸身埋葬，

一旦纯洁的星辰将它
疲倦的双眼刚刚阖上，
毒蛇便会来产下小蛇，
蜘蛛也会爬过来结网；

在你备受诅咒的头上，
经年累月都能听得到
悲戚与哀嗥中的群狼

以及女巫饥馁的哭嚷，
还有好色老翁的嬉戏
和黑心贼密谋的窃响。

---

① 本诗首次发表于1857年第一版《恶之花》。1868年第三版《恶之花》将标题改为《被诅咒的诗人之墓》(*Sépulture d'un poëte maudit*)。

71　神奇的版画[①]

这奇特鬼魂像过狂欢节一般，
全部的装扮只在骷髅的顶端
怪诞地扣上一顶丑陋的王冠。
无马刺马鞭，却赶得马急喘，
这同为幽灵的驽马实在可怜，
口鼻喷白沫，好似罹患癫痫。
这两位上天入地，穿越空间，
恣肆的马蹄狂妄地践踏无限。
坐骑下碾踏着众多无名之辈，
骑士锃亮的马刀在翻飞挥砍，
他驰骋着，像君主巡视家园，
跑遍了广漠无垠的冰冷墓园，
微弱日光苍白惨淡，历史上
古往今来的众生在那里长眠。

---

① 本诗首次发表于1857年11月15日《现时》，原标题为《莫蒂玛的一幅版画》（*Une gravure de Mortimer*）。经研究者考证，波德莱尔据以咏唱的版画名为《白马上的死神》（*Death on a Pale Horse*），系英国画家约翰·汉弥尔顿·莫蒂玛（John Hamilton Mortimer，1740—1779）的学生约瑟夫·海因茨（Joseph Haynes，1760—1829）于1784年根据其师的同名绘画作品创作的。

72　乐天逝者[①]

在一片爬满蜗牛的沃土上，
我愿为自己挖个深深坟圹，
将这把老骨头惬意地摊开，
像浪里眠鲨般沉睡于遗忘。

我痛恨遗嘱，也憎恶坟场；
与其枉求世人的假泪两行，
我情愿生前就请乌鸦帮忙，
将我这把臭骨头带血吃光。

蛆虫呵，无眼无耳的不祥伙伴！
看，自由的乐天逝者已在身旁；
寻欢作乐的哲人，食腐的子孙，

莫迟疑懊丧，快钻进这臭皮囊，
还要告诉我有何忧伤，待我这
死人堆中没有魂灵的老身品尝！

---

① 本诗首次发表于 1851 年 4 月 9 日《议会信使》，原标题为《忧郁》（*Le Spleen*），是波德莱尔以《灵薄狱》（*les Limbes*）为总标题发表的 11 首诗中的第 6 首。

73 仇恨之桶[①]

仇恨是苍白的达纳伊德丝之桶[②]；
发狂的复仇女神双臂强壮通红，
她徒然地将死人的血和泪
一桶桶倒进那黑暗的虚空。

是魔鬼在桶底偷凿了秘洞，
使千年的汗水和努力落空，
但仇恨仍能使牺牲者复苏，
敲骨吸髓照旧会持续进行，

仇恨恰似酒巷深处的醉翁，
越喝越口渴，嗜酒更如命，
仿佛九头蛇，斩头落又生[③]。

---

① 本诗首次发表于 1851 年 4 月 9 日《议会信使》，是波德莱尔以《灵薄狱》(*les Limbes*)为总标题发表的 11 首诗中的第 7 首。

② 达纳伊德丝（Danaïdes），希腊神话中阿哥斯（Argos）国王达纳乌斯（Danaüs）的 50 个女儿，其中 49 个遵从父命在新婚之夜杀死了自己的丈夫，后被罚每天在地狱挑水，填满无底的大桶。

③ 九头蛇（Hydre de Lerne），希腊神话中的蛇怪，长有九头（一说为七头），斩去后仍会生出。后为希腊英雄赫拉克勒斯所杀。

——幸福酒徒对美酒心知肚明，

而仇恨已注定献身可悲的宿命，

永远不能在圣餐台下安然入梦。

74 破钟[①]

悲喜交集的是在寒冬夜里，
望着跳跃炉火和蒸腾烟气，
倾听着钟声在雾霭中鸣唱，
尘封往事缓缓从心头升起。

这音色洪亮的钟真有福气，
历经沧桑，却仍矍铄有力，
它忠实地传播信仰的钟声，
如营帐中的老兵高度警惕！

我灵魂已有罅隙，厌倦里
想用歌声驱走黑夜的寒气，
却常常发现歌喉有气无力，

如被遗忘的伤兵残喘粗气，
在血泊中，身上尸体堆积，
挣扎着，却一动不动死去。

① 本诗首次发表于 1851 年 4 月 9 日《议会信使》，原标题为《忧郁》（*Le Spleen*），是波德莱尔以《灵薄狱》（*les Limbes*）为总标题发表的 11 首诗中的第 8 首。

75 忧郁（“雨月对着全城大发雷霆……”）[①]

雨月对着全城大发雷霆[②]，
向寒茔四周惨淡的亡灵
倾盆泼洒出凄冷的黑影，
又将四郊笼罩死亡阴濛。

猫在砖地上寻觅遮身草茎，
羸瘦生疮的身子瑟瑟抖动；
檐槽里游荡着诗叟的魂灵，
发出幽灵一般寒颤的悲声。

大钟在悲鸣，钟摆已患伤风，
冒烟的木炭伴着它发出假声，
可水肿老妇宿命的遗产之中

---

① 本诗首次发表于1851年4月9日《议会信使》，是波德莱尔以《灵薄狱》（*les Limbes*）为总标题发表的11首诗中的第9首。

② 雨月（pluviôse），法兰西共和历的第五月，相当于公历1月20日或21日至2月19日或20日。

仍旧有浊香的牌局如常进行，
黑桃皇后与英俊的红桃侍从
正诡谲地倾诉着已逝的爱情。

76　忧郁（“我似乎拥有超越千年的回忆……”）①

我似乎拥有超越千年的回忆。

账单塞满大柜抽屉，夹杂着
诗稿、情书、诉状、浪漫曲，
厚重卷发缠裹的一摞摞单据
比不上我头脑中愁苦的秘密。
这是座金字塔，通阔的墓地，
尸骸比公共墓地里还要拥挤。
——我这坟地，月亮也鄙夷，
里面蠕动着悔恨一般的长蛆，
向我逝去的亲人们不断攻击。
我是破败的香闺，残花满地，
过时式样杂乱堆积，到处是
布歇的苍白和水粉画的怨艾②，
开盖的香水瓶孤独弥漫香气。

---

① 本诗首次发表于1857年第一版《恶之花》。

② 布歇（François Boucher，1703—1770），法国画家、版画家和设计师，其画作华丽甜俗，是洛可可艺术的典型代表，体现出18世纪中叶法国的浮华幽雅之风。

跛脚的日子，真是漫长无比，
冰封岁月，当雪花飘飞如絮，
厌倦，这忧郁和闲愁的果实
便如不灭的永生，轮回不息。
——行尸走肉的你呵！无非
顽石一块，独对朦胧的恐惧，
昏睡在茫茫撒哈拉沙漠腹地；
如古老斯芬克司被地图忘记，
遭无忧世界遗弃，愤世之心
面对夕阳，也只能长歌太息。

77　忧郁（“我好似多雨之国的国王……”）[1]

我好似多雨之国的国王，
富而无能，年少却老迈苍苍，
既蔑视师傅们卑微俯首，
又厌恶将狗和其他宠物豢养。
无论阳台前待毙子民或
架鹰巡狩，都不能令他欢畅。
弄臣们滑稽可笑的演唱，
也难安抚这残暴病人的愁肠；
百合花纹龙床变为坟场，
使女们眼中君王都容貌俊朗，
再想不出如何妖冶扮妆，
以博得这年轻骷髅龙颜舒畅。
炼丹术士再也回天无力，
他体内的腐恶毒素无法排光，
流传自罗马的血浴秘方，

---

① 本诗首次发表于1857年第一版《恶之花》。波德莱尔在其散文诗集《巴黎的忧郁》（*le Spleen de Paris*）第27篇《悲壮的死》（*Une Mort héroïque*）中也描写了一位与诗中国王类似的亲王。

那可是王者暮年难圆的奢望，

再不能温暖这愚钝皮囊，

无血之躯惟忘川的绿汁流淌[①]。

① 忘川（Léthé），参看第 60 首《弗朗索瓦兹之颂》注释。

78　忧郁（“当低沉的天空像一个大盖……”）①

当低沉的天空像一个大盖
罩住被无穷的烦扰折磨而幽咽的心灵，
当环抱万物的天际
向我们喷出比夜还要凄冷的黑影；

当大地变成一间阴湿的牢房，
那里，希望像蝙蝠在低翔，
双翅胆怯地拍打着四壁，
脑袋与腐朽的房顶相撞；

当大雨倾泻如注，
就像大牢狱的铁栅栏一样，
一群无声、肮脏的蜘蛛爬过来，
在我们的脑中结网；

突然间，几口大钟狂怒地跃起

---

① 本诗首次发表于1857年第一版《恶之花》。

向天穹发出可怕的轰鸣，
如同没有祖国的游魂
在顽强、固执地哀吟。

——几列长长的柩车，鼓乐全无，
缓慢地驶过我的心灵；希望
被击败，正在哭泣，而残忍暴戾的愁苦
在我低垂的头上竖起了黑旌。

79　顽念[①]

大森林，你像教堂般令我恐惶；
似管风琴轰响；我们该死的心
有如回荡古老哀吟的亘古灵堂，
在与来自深处的圣歌应和回响[②]。

恨你，海洋！恨你张狂的巨浪，
我心亦如浪涛般激荡；失败者
受尽屈辱，苦笑和哭嚷，我从
大海的狂笑中谛听得荡气回肠。

夜，惟你令我欢畅！无星之夜，
就没有星光的滥调陈腔！因为
我寻觅黑暗，寻觅赤裸和虚妄！

---

① 本诗约作于1860年，首次发表于1860年5月15日《当代评论》。该诗现存两份手稿，其一誊写在波德莱尔于1860年2月10日写给布莱-玛拉西的信中，并引录了埃斯库罗斯的悲剧《被缚的普罗米修斯》（*Prométhée enchaîné*）中第89—90两行诗：啊，晴明的天空！快翅膀的风！江河的流水！万顷海波的欢笑！养育万物的大地和普照的太阳光轮！（引自罗念生译文）

② “来自深处”（*De profundis*），本为拉丁文本《圣经》的第129首诗篇歌，它是罗马天主教堂举行悼念仪式时吟颂的诗篇，为7首忏悔诗篇歌之一。

其实，黑暗原本便是一幅图像，

湮没的万千生灵正在翻飞游荡，

他们从我眼前掠过，目露慈祥。

80　虚无的滋味[①]

沮丧的心，往昔你如此留恋沙场，
“希望”曾用马刺让你亢进激昂，
它不愿再骑你驰骋疆场！别害臊，
躺躺吧，老马也会有失蹄的辰光。

认命吧，心；睡吧，像牲畜一样。

战败的心，神疲力丧！你这老贼，
爱情已无味，更谈不上你争我抢；
永别了，羌笛的哀怨与军号嘹亮！
欢娱呵，别再撩拨这气馁的心房！

可爱的春天早已失去芬芳！

那分分秒秒吞噬我的时光，
仿佛大雪把我的僵尸埋葬；

① 本诗首次发表于1859年1月20日《法兰西评论》。

我从上苍俯视浑圆的地球，
何必再去寻觅栖身的草房。

雪崩呵，迸发时你可愿把我捎上？

81　痛苦的炼金术[①]

大自然！有人用激情点亮你，
也有的人在你身上寄托悲戚，
对有的人，你是生命与光辉！
对有的人，你却是墓穴坟地！

你是陌生的赫耳墨斯[②]，
既帮助我又让我恐惧，
你把我变成了弥达斯[③]，
炼金师中我最为愁郁。

我点金成铁仗你神力，
又把天堂变成了地狱；
白云织就的裹尸布里，

① 本诗首次发表于1860年10月15日《艺术家》。
② 赫耳墨斯（Hermès），参看《致读者》注释。
③ 弥达斯（Midas），希腊神话中小亚细亚弗里吉亚（Phrygie）的国王，跟从酒神狄奥尼索斯（Dionysos）学会点金术，触物成金，导致无法进食，令他痛苦不堪。

我发现了一具宝贵尸体，
于是在苍穹之畔建造起
石棺，一座座岿然屹立。

82　恐怖的感应[①]

古怪和铅灰色的穹苍，
如你的命运多舛动荡，
回答我，无信仰的人，
你空虚灵魂可有思想？

——我有贪婪的欲望，
我想占有黑暗和虚妄，
我非奥维德哀吟满腔，
他早被逐出拉丁天堂[②]。

撕裂的苍天有如河床，
您身上映出我的狂妄；
苍茫云海似戴孝一样，

① 本诗首次发表于1860年10月15日《艺术家》。

② 奥维德（Ovide，公元前43—公元18），古罗马著名诗人，因触怒奥古斯都皇帝屋大维（Gaius Julius Caesar Octavianus，公元前63—公元14），于公元8年被逐出罗马，流放到黑海地区并死在那里。流放期间，他曾写下很多表达悔怨、乞求宽恕的诗歌和书简。

如灵车搭载我的梦想，

地狱折射出您的微光，

我心甘情愿乐于前往。

83 自惩之人[①]

——献给 J. G. F.[②]

我要打你，但不动气，

如庖丁解牛并无恨意，

又好似摩西击打岩壁[③]！

---

① 本诗作于1855年，系为让娜·迪瓦尔而作，首次发表于1857年5月10日《艺术家》。最初，波德莱尔想把本诗作为以《恶之花》为总标题发表的18首诗中的最后一首发表在1855年6月1日的《两世界评论》上，但因故未果。1855年4月7日，波德莱尔在致《两世界评论》编辑部秘书维克多·德·马尔斯（Victor de Mars，1817—1866）的信中解释了这首诗的构思："请让我在爱中休憩吧。——可是，不行，——爱情不让我休息。天真和善良令人作呕。——要让我欢乐，要让我恢复欲望，那就残忍吧，欺骗吧，放荡吧，无耻吧，偷窃吧；如果你不愿如此，我就要痛打你，但不动气。因为我是冷嘲热讽的真正代表，我的病在某种意义上绝对是无法治愈的。"自惩之人，原文为 l'Héautontimorouménos，研究者对该诗的标题有两种不同的解释：一说认为它出自古罗马喜剧作家泰伦斯（Térence，公元前190—前159）的一部喜剧，剧中的主人公已决定放逐逆子，但事后又十分后悔；另一说认为它出自法国政论家、教育家和外交家迈斯特尔（Joseph de Maistre，1753—1821）的访谈录《圣彼得堡夜话》（*Soirées de Saint-Pétersbourg*）中的一句话，"一切恶人都是自惩之人（*Tout méchant est un Héautontimorouménos*）。"

② 本诗在1857年首次发表时并无献辞，1861年再版时补入，谁是 J. G. F. 至今也无定论，一说认为是"致可爱的女人让娜"（*A Jeanne Gentille Femme*），另一说认为是"致朱丽叶·热克丝-法贡"（*A Juliette Gex-Fagon*），但两说均缺乏确凿的考证。

③ 典出《旧约·出埃及记》第十七章"磐石出水"：为解百姓之渴，耶和华告诉摩西："你用手杖击打那磐石，就会有泉水涌出，供人饮用。"参看冯象（译注）：《摩西五经：希伯来法文化经典之一》，北京：三联书店，2013年8月北京第1版，第145页。

我还要让你的眼睛里

再喷涌出痛苦的水溪，
去浇灌撒哈拉的沙地。
让充溢着希望的情欲
畅游在你咸湿的泪里，

有如航船去出海游弋，
在醉饮你泪水的心底
你那可人的唏嘘响起，
仿佛在鼙鼓声中进击！

在神圣的交响乐曲里，
难道我是不谐的旋律？
或幸亏有激烈的揶揄
在啮噬纷扰我的思绪？

那尖吼发自我的声音里！
我全身的血是黑色毒剂！
我好似一面不祥的魔镜，
泼妇在镜中端详着自己！

我是伤口，我又是刀具！

我是耳光，我也是脸皮！
我是四肢又是车轮刑罚[①]，
我是屠夫，我还是祭礼！

我就是我心的吸血鬼，
——被弃的要犯之一，
虽然被判处狂笑不息，
却再难绽出一丝笑意！

---

① 车轮刑（supplice de la roue），古时的一种刑罚，将犯人打断四肢后绑在车轮上任其死去。

84　无可救药[①]

一

信念，精神，生命，
青空启程，偏又坠入
怨河铅灰色的泥泞[②]，
朗朗天眼也万难辨清；

安琪尔任性地巡行，
却因诱惑恋上了畸形，
从此身陷可怕噩梦，
像溺水之人挣扎求生，

他满怀阴郁的惶恐，
与巨大漩涡殊死抗争！
旋涡像疯子般歌唱，
在黑暗之中激荡奔涌；

---

① 本诗首次发表于 1857 年 5 月 10 日《艺术家》。
② 怨河（Styx），参看第 26 首《尚未餍足》注释。

鬼迷心窍的可怜虫，
徒劳地一路摸索前行，
为了逃离蛇蝎之洞，
苦苦寻觅钥匙与光明；

有个亡灵手中无灯，
偏要摸黑走下无底洞，
深渊潮气阴冷浓重，
无栏的台阶无始无终，

守洞妖精黏滑冰冷，
巨眼闪烁着鬼火重重，
它们造出如漆黑夜，
只能映照出幢幢鬼影；

航船被困极地冰层，
就像落入水晶的陷阱，
哪条海峡如此晦气，
使航船深陷大牢之中；

——完美构图，征象分明，
此乃无可救药的宿命，

魔王行径发人深省：
心想事成，精益求精！

二

观照着黑暗与光明，
愿心灵化为一面明镜！
真理之井既暗且明[①]，
朦胧闪烁着惨淡的星，

地狱灯塔充满嘲讽，
那是撒旦恩赐的明灯，
惟一的宽慰与光荣，
——即是对恶的觉醒！

① “真理藏在井底”，系古希腊哲学家德谟克利特（Demokritos，约公元前460—公元前370）的名言。

85 时钟[①]

时钟！凶险可怕无情的神祇，
它用指针威胁我们说："谨记！
你心中充斥战栗之痛的恐惧，
像箭中靶心，会将你心占据；

"轻烟般的欢乐即将消失天际，
仿佛空气中的精灵幕后隐匿；
每分每秒都在吞噬你的欢愉，
那可是人们与生俱来的乐趣。

"秒针每小时三千六百次低语：
记住！——现在似虫声唧唧，
飞快地说：眼下我已是过去，
我用肮脏口器将你生命汲取！

① 本诗首次发表于1860年10月15日《艺术家》。

“谨记！浪子！记住吧！牢记！①
（我的金嗓子能说任何言语。）
时间就是金矿，俗人惟知嬉戏，
尚未采出黄金，怎能轻言放弃！

“记住！时光似赌徒难填贪欲，
赌必赢，不作弊！此乃铁律。
日渐短，夜渐长；请你牢记！
深渊永饥渴；漏壶总会见底。

“丧钟即将响起，神圣机遇和
庄严的美德即你那贞洁娇妻，
甚至愧疚（呵！最后的归宿！）
都会说：你早该死！老东西！”

---

① 本诗中，“谨记”的原文为英文 *Remember*，“记住”的原文为法文 *Souviens-toi*，“牢记”的原文为拉丁文 *Esto memor*。

巴黎即景

86 景色[①]

为潜心构思诗篇，我愿
像占星家一样倚天长眠，
以钟楼为伴，梦中谛听
清风送来阵阵庄严礼赞。
我双手托腮，凭高远瞻，
望工场里一片笑语欢歌；
观烟囱钟楼那都市桅杆，
看梦到永恒的高远苍天。

薄雾中，我惬意远观，蓝天
星斗乍现，花窗内灯火点点，
长河般的煤烟蜿蜒直上云天，
明月抛洒下诱人的清辉一片。
我看到春来暑往，秋色连绵，
三时景尽，转眼便冬雪漫天，

① 本诗约作于1852年，首次发表于1857年11月15日《现时》，原标题为《巴黎景色》（*Paysage parisien*）。1861年第二版《恶之花》出版时，波德莱尔调整了诗集的布局，新增了《巴黎即景》篇（*Tableaux parisiens*），并将本诗的标题改为《景色》（*Paysage*），放在该篇之首。

那时我就会到处将窗扉紧闭，
连夜建造起我仙境般的宫殿。
于是我会梦到淡蓝的地平线，
梦到花园，梦到池中的泪泉，
梦到亲吻和昏晓鸣啼的飞鸟，
梦到牧歌中一切童趣的景观。
任骚乱徒然在我的窗前捣乱①，
也不能使我的目光移开桌前；
只因我已经沉浸于欢愉之中，
凭我的意念就能够召唤春天，
并从我的心中托起一轮红日，
将燃烧的思绪化为一片温暖。

① 骚乱（l'Emeute），指1848年波德莱尔曾参与的法国民众推翻七月王朝、建立第二共和国的"二月革命"。在其私密日记《我心赤裸》(*Mon Coeur mis à Nu*)中，诗人曾经写道："我醉心于1848年。这是何种醉心呢？是对复仇的爱好。是对破坏的天生的爱好。……1848年之所以有趣，只因为大家都有空想。……1848年之所以迷人，只因为它极度可笑。"

87　太阳[①]

沿着古镇陋巷，排排破屋上
拉下的百叶窗挡住私密淫荡，
无情的烈日发散出道道金光，
万箭射向屋顶、麦田、城乡，
我独自徘徊，修炼奇异剑术，
在四隅寻觅诗韵闪现的灵光，
推敲字眼似在石头路上跌撞，
偶尔能邂逅梦想已久的诗行。

太阳是养育之父他消除萎黄，
在田间唤醒诗兴似玫瑰绽放；
是他让愁云消散，轻飏天上，
让诗人大脑似蜂房灌满蜜浆。
是他让持杖的老叟重焕青春，
像年轻的姑娘一样欢喜和畅，
他指挥五谷丰登，万物生长，

① 本诗是波德莱尔的早期作品之一，首次发表于1857年第一版《恶之花》。

他的永恒之心永盼百花齐放！

当他像位诗人一样莅临都市，
令最卑微的命运也变为高尚，
病院和宫殿他同样微服君临，
既无嵩呼之声又无扈从车仗。

88 致红发丐女[①]

雪肤红发的少女，
你衣衫褴褛，
透出了你的寒微
　　和你的美丽，

你雀斑点点，
拖着青春的病体，
可在我这寒酸诗人眼中
　　却别具甜蜜。

传说中的女王
足登丝绒厚履，

---

① 本诗首次发表于1857年第一版《恶之花》，有两份手稿，一份未标注日期（约为1843年），另一份标注为1852年。1852年手稿上的标题为《红发女丐的破裙子》（*La robe trouée de la mendiante rousse*）。诗中描写的红发小女丐当时在巴黎拉丁区卖唱乞讨，曾引得不少文人墨客为她题咏作画，其中包括波德莱尔的两位好友——诗人邦维尔和画家德鲁阿（Emile Deroy，1820—1846），邦维尔写下诗歌《致街头小歌女》（*A une petite chanteuse des rues*），德鲁阿以《红发小女丐》（*La petite mendiante rousse*）为题创作了一幅油画，现藏巴黎卢浮宫博物馆。

你的沉重木屐，
　　却更显得体。

假若你的短衣
换作朝服的华丽，
褶皱长长的裙裾
　　拖曳在脚底；

若破袜中的美腿
佩一把黄金短戟，
在登徒子们眼中，
　　更光彩无比；

若你松开衣结，
面对我辈的淫欲，
露出曼妙双乳
　　明眸般靓丽；

若为你解带宽衣，
你会伸出玉臂，
对手指的调戏
　　得体地婉拒，

那就有玉润的珠玑
和贝罗大师的诗句[①]，
被拜倒裙下的情郎
　　进贡和献礼；

那些蹩脚的诗人，
会奉献搜肠刮肚的新句，
在阶下跪拜你的
　　香足和玉履，

寻花问柳的侍从，
无数龙沙、贵戚[②]，
想造访你清新的幽居，
　　把风情寻觅！

你的床头，会有比
百合花还多的亲昵，
皇亲们能否如愿，
　　须仰你鼻息！

——可你却在街头

① 贝罗（Rémy Belleau，1528—1577），法国七星诗社诗人。
② 龙沙（Pierre de Ronsard，1524—1585），法国七星诗社诗人。

沿路行乞，
在餐馆门前
　　靠残羹充饥；

不值钱的首饰，
你还低眉偷觑，
抱歉！我不能买来送你，
　　我有心无力。

走吧，摒弃香水饰物，
不要珠光宝气，
惟留你清瘦裸躯，
　　呵我的美女！

89 天鹅[①]

——献给维克多·雨果

一

想你，安德洛玛刻！这小溪[②]
似可怜哀怨的明镜，曾映出
你孀居时那肃穆庄重的苦凄，
你的泪加宽了假想的西摩伊[③]，

---

① 本诗首次发表于1860年1月22日《闲谈》，是波德莱尔阅读古罗马著名诗人维吉尔的史诗《埃涅阿斯纪》（*l'Enéide*）后的感慨之作。该诗1860年首次发表时曾附有《埃涅阿斯纪》第三歌的题词"在假想的西摩伊河畔"（*Falsi Simoentis ad undam*）。1859年12月7日，波德莱尔将该诗题献给流亡海外的维克多·雨果。在致雨果的信中，波德莱尔写道："这首诗是为您而作的，是一边思念您一边写的。不能以您严厉的眼光去评判这首诗，而应当带着您那父辈的眼光……请把我这一小小的象征视为我对您天才的钦佩，以及我对您的友谊的微薄见证。"1859年12月18日，雨果在回信中说："您的《天鹅》是一个意象。与其他真实的意象一样，它极具深度……您的诗句如此透彻，如此有力。"

② 安德洛玛刻（Andromaque），希腊神话中特洛伊英雄赫克托耳（Hector）之妻，以温柔善良、勇敢聪慧著称。特洛伊城陷落后，安德洛玛刻被虏为希腊爱庇尔（Epire）国王庇吕斯（Pyrrhus）的女奴，后嫁给赫克托耳之弟、先知赫勒诺斯（Hélénus）。

③ 西摩伊河（Simoïs），希腊神话中特洛伊城一条河的名字，传说安德洛玛刻被掳后，将当地的一条小河当作故乡的西摩伊河，以寄托对亡夫和故国的怀念。

当我穿过新的卡鲁塞尔广场[①]，
往事突然充塞我丰富的记忆。
不在了，这古老的巴黎（唉，
城市的风貌变得比凡心迅疾）；

大片工棚浮现在我的脑海里，
粗加工的石柱柱头四处堆积，
野草和巨石浸满了绿苔水渍，
映在玻璃窗上愈发光怪陆离。

曾经有个动物园坐落在那里；
有天清晨，当劳动醒来之际，
寒冷明净的苍穹下，垃圾场
向岑静的天空中升腾起黑气，

我看到，一只天鹅挣出樊笼，
在坎坷路面上拖着雪白双翼，
它用蹼足拍打着糙裂的街石，
张开嘴伸向一条干涸的小溪，

尘埃中，它不安地梳理羽翼，

① 卡鲁塞尔广场（Carrousel），巴黎卢浮宫和土伊勒里花园之间的一座广场。

心恋故乡的碧水，喃喃自语：
“雷啊，何时霹雳？水啊，何时成溪？”
我看到这不幸而奇特的造物

像奥维德笔下的人物，屡屡[①]
仰望嘲弄而无情的湛蓝云际，
颈项抽搐，将渴望的头昂起，
仿佛在把片片诅咒抛向上帝！

二

巴黎在变！不变的是我的忧郁！
新王宫、脚手架、老郊区、
石堆，一切对我皆有寓意，
比顽石还重的是我珍贵的回忆。

卢浮宫前的景象同样令我窒息：
我想起大天鹅那癫狂之举，
如同可笑而孤高的流亡者
被无穷的欲望羁縻！又想起你，

安德洛玛刻，从倒下的伟丈夫怀里

---

① 奥维德（Ovide），参看第82首《恐怖的感应》注释。

落入傲慢的庇吕斯之手，沦为贱婢，
你只能面对着空坟，垂首涕泣；唉！
赫克托耳的遗孀，赫勒诺斯的新妻！

我想起那憔悴的非洲肺痨女，
彳亍在泥泞之中，眼神迷离，
盼望着穿过迷雾的高墙，将
看不到的瑰丽非洲椰树寻觅；

我感怀失去的人永不能相聚！
我感怀泪河中的人们仿佛在
仁慈母狼的乳汁中啜饮苦凄[①]！
我感怀羸弱孤儿如落花委地！

密林中就这样游荡着我的思绪，
悠悠往事，似号角般此伏彼起！
被弃荒岛的水手、囚徒还有战败者，
还有许许多多……都被我一一想起！

---

① 母狼，参看第 5 首《“我爱对赤裸的岁月冥思遐想……”》注释。

90　七老翁[①]

——献给维克多·雨果

这拥挤的城市是梦魇的故乡，
光天化日就会撞上魑魅魍魉！
诡秘横流，仿佛林木的汁液
在巨无霸般狭窄管网内流淌。

有一天清晨，在清冷的街上，
雾影将两旁的房屋拉高抻长，
房屋似堤岸伫立在长河两旁，
与演员心仪的布景倒很相像，

肮脏浊黄的雾霾弥漫在街巷，
我紧绷神经，像演主角一样，

---

① 本诗作于1859年，首次发表于1859年9月15日的《当代评论》，现存三份手稿，原标题为《巴黎的幽灵》（*Fantômes parisiens*）。1859年9月27日，波德莱尔将刊有《七老翁》和《小老妇》的《当代评论》寄给流亡海外的维克多·雨果。1859年10月6日，雨果在回信中写道：“当您写作这两首摄人心魄的诗——《七老翁》和《小老妇》时，您在干什么？感谢您将这两首诗题献给我。您在做什么？您在前进。您在进步。您为艺术的天空带来人所不知的可怕光芒。您创造了新的颤栗……”

边走，边与疲惫的心灵争抗，
在郊区的车辚马嚣之中奔忙。

突遇一位老翁，鹑衣土黄，
竟然和下雨前的天色相仿，
他本可获得雨点般的施舍，
若不是他双目中闪露凶光。

他眼珠子仿佛浸过胆汁；
犀利的目光，寒若冰霜，
硬硬的尖须似利剑出鞘，
与犹大的胡须一模一样①。

他背不驼，腰已弯，脊梁
与双腿恰形成直角的形状，
手中拐杖再配上狰狞面相，
使得他笨拙的举止和步履

如三足犹太人，又似瘸腿狼。
在雪水泥泞中，他满身泥浆，
破靴子像在死人堆碾踏游荡，

① 犹大（Judas），是耶稣的十二门徒之一。据《新约·马太福音》，他为三十块银币出卖了耶稣。

冷漠人世，莫如说敌意满腔。

紧跟的老翁尖须驼背，鹑衣手杖，
仿佛来自相同地狱，是相同模样，
这对百岁的双胞胎，怪异的魍魉，
迈着同样的步幅走向未知的方向。

难道我变成了被暗算的对象？
还是我命运多舛，注定遭殃？
须臾之间，我接连数了七遍，
阴险老翁的数量在成倍增长！

或许有人会笑话我过度紧张，
那是他未受亲情威力的震荡，
想一想吧，如此的老态龙钟，
七怪神色中竟呈现永恒之光！

我是否能活着看到第八个登场？
讽刺而宿命，如此无情地相像，
父子一体，酷似可恶的火凤凰①！
——我转身逃离这地狱的现场。

① 火凤凰（Phénix），又称长生鸟、不死鸟。根据希腊传说，火凤凰生活在阿拉伯半岛，每 500 年（又一说为 1461 年）在烈火中涅槃一次，并在死灰中重生。

我像愤怒醉鬼眼前重影晃荡，
跑回家，关上门，心中恐慌，
愁伤情，方寸乱，病恹卧床，
那神秘荒诞使我心遭受重创！

我的理智徒劳地想找到依傍；
肆虐的暴雨却让我迷失方向，
我的灵魂跳呀跳，跌跌撞撞，
像无帆破船在无涯苦海飘荡！

91　小老妇[①]

——献给维克多·雨果

一

古都的曲径僻巷里，
腐朽皆能化为神奇，
我本性好奇，曾偷窥过
衰老奇特而可爱的老妪。

这些丑陋怪物从前俱为美女，
是拉依丝、爱波妮！如今背驼膝屈[②]，
心瘁力疲。爱吧！她们仍心有灵犀。
她们身着冰冷的破裙、旧衣，

---

① 本诗系波德莱尔模仿雨果诗《东方集》(*Les Orientales*）的笔法而作，首次发表于1859年9月15日《当代评论》，原标题为《巴黎的幽灵之二：小老妇》（*Fantômes parisiens-II. Les Petites Vieilles*）。1859年9月27日，波德莱尔将刊有此诗和《七老翁》的《当代评论》寄给流亡海外的维克多·雨果。1862年，该诗被收入欧仁·克雷派（Eugène Crépet，1827—1892）主编的《法国诗人》丛书（*les Poëtes français*）第四卷。

② 拉依丝（Laïs），古希腊名妓。爱波妮（Eponine），古代高卢女英雄，跟随其夫沙比努斯（Sabinus）进行反抗罗马压迫的斗争，失败后与丈夫一同被害。

顶着刺骨的朔风亦步亦趋，
听到隆隆车声便心悸颤栗，
心爱手包宝贝般抱在怀里，
上面绣满了花朵或是字句；

她们碎步疾行，与木偶不差分厘；
似受伤的野兽，拖着沉重的步履，
像可怜的铃铛挂在无情恶魔身上，
不由自主地跳动，仿佛身不由己！

人虽老迈，眼神却钻头般锐利，
如月下的水洼明澈清晰；
明眸晶莹圣洁宛若少女，
一见到闪光的东西就惊奇欣喜。

——你是否留意，老妇的棺木
与孩子们的棺材几乎大小无异？
博学的死神对同类的棺椁赋予
征象，充满了怪诞迷人的寓意，

每当我瞥见孱弱的幽魂
飘行在熙攘如画的巴黎，

便觉得这个脆弱的生灵
悄然轮回到新的摇篮里；

每每直面这些失衡的肢体，
我不禁考虑几何学的问题，
工匠该如何修改棺木形状，
才能正好安放下这些躯体。

——每双眼似泪水奔涌的井，
是坩埚中冷却的闪光金属粒……
人只有饱经多舛的厄运磨砺，
这神秘之眼才拥有无穷魅力！

二

昔日，弗拉斯卡蒂热爱的贞女；
塔莉的女祭司，唉！她的大名
惟已故提词员知悉；蒂沃利的
花丛，曾拥簇那已作古的名姬①，

---

① 弗拉斯卡蒂（Frascati），意大利的一座城市，多别墅与赌场，此处指1796年有人在巴黎仿照弗拉斯卡蒂开设的一家允许妇女入内的著名赌场，1836年关闭。贞女（Vestale），古罗马时供奉女灶神维丝苔（Vesta）的处女。塔莉（Thalie），希腊神话中的九位缪斯之一，司喜剧和牧歌，此处“塔莉的女祭司”指女演员。蒂沃利（Tivoli），意大利的一座名城，以别墅、花园、喷泉闻名，此处指巴黎的一家娱乐场所。

她们令我神迷！脆弱的生灵里
也有些人善将痛苦转化为甜蜜，
会向提供羽翼的忠诚直抒胸臆：
强健的骏鹰，请携我直上云霓[①]！

一个为祖国历尽艰险困苦，
一个为丈夫饱受欺凌苦凄，
一个为孩子成了穿胸圣母[②]，
个个滴泪成河，浩淼无际。

三

呵，我曾尾随这些老妪！
其中一位，当夕阳西下，
似淌血的伤口染红天际，
独自端坐在长椅上沉思，

等待聆听嘹亮的铜管乐曲，
有士兵不时地涌入公园里，
在这催人振奋的金色黄昏，

---

① 骏鹰（Hippogriffe），希腊神话中半马半鹰的有翅怪兽。
② 圣经故事：玛利亚看到耶稣被钉在十字架上，十分悲痛，如利剑穿胸。后世画家在描绘圣母像时，常在她胸前画上一柄穿胸的利剑。

为市民心中注入些许英气。

她正襟危坐，傲慢又规矩得体，
痴迷和沉醉于铿锵威武的乐曲；
像头老迈的鹰，双目时睁时闭；
石雕般的额头带着加冕的神气！

四

你们跋涉着，坚忍而无怨艾，
穿梭于熙熙攘攘的闹市街区，
心头流血的母亲或妓女圣女，
往昔，你们可都曾大有名气。

往日的优雅，曾经的荣誉，
如今有谁堪记！沿途醉鬼
羞辱嘲讽你们，污言秽语；
儿童尾随嬉笑，顽劣调皮。

你们忍辱偷生如干瘪的影子，
弯腰走，溜边行，胆怯心虚，
造化弄人，无人向你们致礼！
仿佛是等待来生的人间垃圾！

而我远望着你们，心中满怀情意，
不安的目光追随你们蹒跚的步履，
如同你们的生父，哦真不可思议！
私下里偷偷地品咂着隐秘的乐趣：

我目睹过你们的初恋绽放美丽；
见证过你们的悲喜和韶华逝去；
我宽广的胸怀包容你们的罪孽！
我的灵魂中闪耀着你们的坚毅！

老妇！亲人！我们惺惺相惜！
每晚我都会同你们珍重别离！
耄耋夏娃呵，你们明日何在？
谁将被上帝的利爪攫在手里？

92　群盲[①]

看吧，灵魂；他们真令人恐惧！
活像一群木偶；略带一丝滑稽；
仿佛梦游的人，可怕而又怪异；
阴沉沉的眼珠子似乎漫无目的。

他们眼中的圣火早已不见踪迹，
仰面朝天，仿佛总在凝望天际；
从来没有人见过他们低头走路，
沉重的头总垂着沉甸甸的眼皮。

他们如此在无尽的黑暗中游历。
黑夜的兄弟永恒无语。呵巴黎！
你却夜夜歌舞升平，花天酒地，

沉溺于享乐，残忍到无所顾忌，
看！我也亦步亦趋，愚笨出奇，
还说："瞎子看天，有何寻觅？"

---

① 本诗首次发表于1860年10月15日《艺术家》。另有一份手稿，但只有前两节。

93 为一位过路女子而作[①]

我身边，是繁闹喧嚣的街巷，
有一位少妇走过，苗条颀长，
我见她一身缟素，戚容端庄，
素手翻飞，整理着花边衣裳；

她灵动高贵，美腿宛若雕像。
明眸似山雨欲来的黯淡穹苍，
我紧张得仿佛一只迷途羔羊，
从迷人温柔中畅饮销魂琼浆。

刹那电光……复归黑夜茫茫！
惊鸿一瞥，忽令我活力激昂，
何时重逢，莫非俟来世沧桑？

远了！晚了！也许永无指望！
我不知你何去你不知我何往，
呵你应知晓，我该把你爱上！

---

① 本诗首次发表于 1860 年 10 月 15 日《艺术家》。

94　劳作的骷髅[1]

一

解剖学的绘图板
散落在尘嚣堤岸[2]，
诸多死人的图册
如木乃伊般长眠，

解剖图是老艺术家
严谨和知识的血汗，
虽然主题晦暗，
却也播扬美感，

人们目之所见，使
神秘恐怖更臻完满，
仿佛剥掉皮的骷髅
犹如农夫一样耕田。

---

① 本诗首次发表于 1860 年 11 月 22 日《闲谈》。
② 指巴黎塞纳河畔拉丁区的旧书摊。

二

忍气吞声的庄稼汉，
椎骨用尽气力千般，
似用剥了皮的肌肉，
深耕细翻这块农田，

说，要何珍稀收获，
从坟堆逃出的囚犯？
你们用力拖拽，想
把谁家的仓廪装满？

你们是否想要证验
连坟墓也难保长眠？
（可怕明确的征象，
那可真命运多舛！）

就让虚无当面背叛，
让死神将我们欺骗，
让一切都周而复始，
唉！我们或许永远

被迫在某个陌生的国度，

把苦涩大地剥个底朝天，

在我们赤裸淌血的脚下

再插上一把沉重的铁锹？

95 薄暮[①]

迷人的黄昏，这罪恶的伙伴；
它悄然来临似同谋犯；苍天
如巨大的卧房缓缓合上窗幔，
烦躁的人变身野兽渴望夜晚。

夜呵，可爱的夜，盼望的人
张开双臂，坦诚开言：我们
又劳累一天！——惟有夜晚
才能将痛楚摧折的心灵纾缓，
孜孜不倦的学者已昏昏欲睡，
精疲力竭的工人早上床安眠。
可四周的恶魔早已蠢蠢欲动，
似街头小贩从昏沉之中醒来，
飞跑着拍打各家的门窗屋檐。
街灯在晚风吹拂下幽光暗淡，

① 本诗作于 1852 年，首次发表于 1855 年 6 月 2 日诗文集刊《枫丹白露》，现存一份手稿，手稿上的标题为《大都市的阴阳昏晓：夜晚》(*Les deux crépuscules de la grande Ville: Le soir*)，与第 103 首《晨曦》为姊妹篇。

花街柳巷里，卖淫死灰复燃；
如蚁群出动将条条通道打穿；
在四面八方安排下秘道机关，
仿佛强敌在策划突袭和进犯；
淫欲像腹中与人争食的蛔虫，
在堕落的闹市中心蔓延泛滥。
四处餐馆内，吆喝之声不断，
剧院在喧嚣，乐队胡闹嘶喊；
赌博被烹制成饭桌上的美餐，
婊子、骗子和同伙围坐桌前，
黑心贼们同样欲壑难填，也
在急切盼望着赶快去上夜班，
溜个门撬个锁既为吃喝几天，
也想为相好的女人梳妆打扮。

当此危难，灵魂当气定神闲，
摒弃喧嚣，将一双聪耳堵严。
此刻，病人们愈加痛苦不堪！
黑夜正向他们伸出封喉利腕；
病入膏肓的他们将同赴黄泉；
医院充塞呻吟哀叹，总有人
有去无还，再不能夜坐炉畔，
手捧香汤，依偎在亲人身边。

几多人无缘领略家庭的温暖，

对人生的真谛更是何从奢谈！

96　赌博①

褪色的扶椅，苍白的老娼，
她们涂脂抹粉，眸射媚光，
既搔首弄姿，又装腔作势，
瘦耳朵上的珠翠叮当乱响；

绿布桌旁围坐无唇的脸庞，
无色嘴唇露出无齿的牙床，
痉挛的手指带着恶毒渴望，
摸索空钱袋和狂跳的胸膛；

一排暗吊灯挂在肮脏屋顶，
硕大的灯盏上摇曳着幽光，
照亮了名诗人暗黑的印堂，
他们来此把血汗挥霍精光；

那可是我梦中不祥的影像，

---

① 本诗首次发表于 1857 年第一版《恶之花》。

正在我的慧眼前再现重放。

我见自己寄身于沉寂的魔窟一隅，

双手托腮，冷漠无言，嫉羡满腔，

嫉的是这些人太纵欲荒唐，

羡的是贪婪老娼窃喜过望，

他们当着我的面肆无忌惮交易，

一方用名望，一方以美色抵偿！

我心自诫：莫羡这可怜儿郎，

他们正坠入深渊还执迷热狂，

喝腻了血终觉受苦胜过死亡，

宁愿坠落地狱再也不求虚妄！

97　骷髅之舞[①]

——献给欧内斯特·克里斯托夫

她活灵活现，自炫高贵身段，
戴手套，捧鲜花，捏着手绢，
那从容的潇洒和无心的慵懒
令这风骚的骷髅女神色怪诞。

舞会上如此楚腰谁曾见？
超豪华的长裙太过松散，
裙裾堆集在枯干的脚面，
绒球绣鞋美若花枝招展。

锁骨上翻飞的褶裥饰边
如好色的小溪摩挲山岩，
又腼腆推阻露骨的试探，
阴森魅力丝毫不露破绽。

① 本诗手稿标注的日期为1852年1月1日，首次发表于1859年3月15日《当代评论》，系波德莱尔在观赏欧内斯特·克里斯托夫的一幅雕塑草图后有感而作。欧内斯特·克里斯托夫，参看第20首《面具》注释。

深陷的眼眶中是空洞与黑暗，
天灵盖上巧妙地装饰着花环，
孱弱的脊椎骨在绵软地摇颤，
虚无的过度妆妍竟魅力无限！

有的人会把你称作漫画，
那无非色鬼的浅俗之见，
殊不知人骨更别具风雅，
那嶙峋的骨架最合我愿！

你想用狞厉的鬼脸，搅乱
生命的盛典？或古老欲念
令你活动的骨架死灰复燃，
盲然现身欢娱的巫魔夜宴①？

燃烧的蜡烛，提琴的咏叹，
你想用它驱走讥讽的梦魇？
还是想求助于狂欢的波澜，
平息你心中那地狱的烈焰？

① 巫魔夜宴（sabbat），参看第6首《灯塔》注释。

愚蠢谬误取之不竭的源泉！
亘古永恒的痛苦蒸发不完！
透过肋骨弯曲钩连的栅栏，
我窥见饥饿毒蛇游弋贪婪。

恕我直言，你的万种风情，
得不到与付出等值的价钱；
凡人之心，哪堪承受戏言？
恐怖的魅力惟有强者赏玩！

恐怖之念布满你眸中深渊，
深渊喷发昏眩令舞者愀然，
人人强抑痛苦的厌恶看着
卅二个牙洞下永恒的笑脸，

可是，谁不曾搂抱过骷髅，
谁不曾依靠坟墓滋养蕃衍？
管它浓香遍体，乔装打扮，
令人作呕才不枉自炫美艳。

你这无鼻的舞女娼妓般难缠，
对趋避躲闪的舞客大言不惭：
“骄人宝贝儿，尽管打扮光鲜，

难挡尸味乱窜！那涂麝骷髅，

“银发勒夫莱斯终成走油死尸[①]，
小白脸安提诺乌斯早已腐烂[②]，
骷髅的舞蹈终将会震撼全球，
把你们带到未知的世界体验！

“塞纳河的冰堤和恒河的热岸[③]，
只见众生狂舞疯癫，殊不见
天使的号角早已伸出了墙眼，
它阴森森张开似乌黑的枪管。

“可笑人类，阳光普照，海角天边，
死神对你的作态交口称赞，
还常常像你一样香熏百遍，
把他的嘲讽掺进你的狂乱！”

---

① 勒夫莱斯（Lovelace），英国18世纪小说家塞缪尔·理查逊（Samuel Richardson，1689—1761）的小说《克拉丽莎》（*Clarissa*）中的英俊浪荡子。

② 安提诺乌斯（Antinoüs，110—130），罗马帝国时期的美少年，罗马皇帝哈德良（Hadrian，76—138）的娈童。

③ 恒河（Gange），印度的圣河，位于印度北部，曾孕育著名的恒河文明。

98 虚幻之爱[①]

哦懒人儿，我目送你走过，
四处弥漫余音绕梁的笙歌，
你忽停下韵动舒缓的脚步，
闲愁仿佛荡漾在你的秋波；

借着煤气灯光我将你凝望，
病态美映着你苍白的前额，
宛若黑夜的火炬点亮曙光，
你肖像般的双眸摄人魂魄，

我惊叹这异样清新的国色天香！
纷纭回忆如厚重华塔将她娇藏，
她身心似熟透的蜜桃皮薄水汪，
仿佛静候独擅风情的睿智情郎。

你是三秋之果，美味无限，

① 本诗作于 1860 年 3 月，现存手稿一份，系咏唱玛丽·多布伦之作，首次发表于 1860 年 5 月 15 日《当代评论》，手稿上的标题为《矫饰》(*Le Décor*)。

还是承接悲伤泪雨的陶罐？
是憧憬中远方绿洲的迷香，
还是温柔的香枕或是花篮？

我曾见过许多最忧郁的双眼，
却从无珍贵的情感隐匿其间；
恰便似宝椟无珠，颈无饰钻，
比你更空虚昏暗，哦，苍天！

逃避真实的心灵面前，难道
你的外表仍不足以令我心欢？
何惧你面具矫饰，愚蠢冷淡？
都没问题！我崇拜你的美艳。

99 “我从未忘怀，在离城不远……”①

我从未忘怀，在离城不远，
我们白色的小家温馨安恬；
有波莫娜和维纳斯的雕像②，
被疏枝和密条将裸躯遮掩；
黄昏中一缕斜晖华美绚烂，
折射在玻璃窗上迸成碎片，
像在好奇的天上睁大双眼，
凝望我们长久无语的晚餐，
在粗糙台布和斜纹窗帘上，
烛光般美丽反光挥洒一片。

---

① 本诗首次发表于1857年第一版《恶之花》，与第100首《“您曾嫉羡过那善良的女佣……”》同为诗人对幸福的童年生活的回忆。波德莱尔的父亲亡故后，孀居的母亲曾带他住在巴黎市郊奈伊（Neuilly）的一所小房子——巴黎第17区德巴卡戴尔街11号（11, rue du Débarcadère, 17e），度过了短暂而难忘的时光。《恶之花》出版后的1858年1月11日，波德莱尔在给母亲的信中写道：“您难道没看出来《恶之花》中有两首诗与您有关，或至少是一些我们过去生活细节的暗示吗？就是您孀居的那个时期，它给我留下了奇特而忧郁的回忆，一首是《“我从未忘怀，在离城不远……”》（讲的是奈伊），紧接着的另一首是《“您曾嫉羡过那善良的女佣……”》（她是叫玛丽埃特吧？）。我之所以未加标题也未做任何明显的提示，就是怕家事外扬……”

② 波莫娜（Pomone），罗马神话中的果神。维纳斯（Vénus），罗马神话中的爱神和美神。

100 “您曾嫉羡过那善良的女佣……”[①]

您曾嫉羡过那善良的女佣，

如今她长眠于简陋的草坪，

真该为她敬献些鲜花供奉。

可怜的死者都有巨大苦痛，

每当十月这位老树的园丁

又绕着墓碑刮起忧郁秋风，

死者定感生者的寡义薄情，

他们独享安逸，拥衾觅梦，

而死者却饱受噩梦的欺凌，

夜眠无伴，谁诉衷情，

冰结枯骨，尸满蛆虫，

待百年流逝，冰雪消融，

① 本诗首次发表于1857年第一版《恶之花》。波德莱尔家的女佣名叫玛丽埃特（Mariette），在波德莱尔10岁时去世。波德莱尔与她感情深厚，曾在其散文随笔《卫生》（*la série Hygiène*）中写道，他每天都要祈祷父亲、玛丽埃特和爱伦·坡向上帝求情，请上帝赐予他力量，赐予他母亲健康。在其私密日记《我心赤裸》（*Mon Coeur mis à Nu*）中，诗人写下了他的祈祷辞：“别因为我的母亲而惩罚我，别因为我而惩罚我的母亲。——我将我父亲和玛丽埃特的灵魂托付给您。——请赐给我力量，让我每天都能即刻完成任务，并因此而成为英雄和圣人。”

盼谁凭吊祭扫，
寥无亲朋。

假若某个晚上，当炉火欢腾，
我见她安详端坐在安乐椅中，
忧郁的腊月寒冬，我看到她
蜷缩在卧室一隅，瑟瑟抖动，
她从永恒的归宿地庄重走来，
母爱的目光凝视长大的孩童，
见到她凹陷的眼窝热泪纵横，
我当如何告慰这虔诚的魂灵？

101 雾与雨[①]

哦，泥泞春日，秋收冬藏，
俱季季梦长！我爱并赞赏
用朦胧的寿衣在迷茫坟场
将我的心和大脑装殓安葬。

寒风在广袤平原肆虐游荡，
长夜撕破了风信鸡的利嗓，
我灵魂远比暖春时节欢畅，
要像寒鸦般舒展长长翅膀。

温柔莫过于心底密布悲伤，
寒来暑往我心已浸透严霜，
哦，灰白时光，四季女王，

请永葆你惨淡黑暗的模样，
——除非无月之夜，我俩
同卧危床，共将痛苦遗忘。

---

① 本诗首次发表于 1857 年第一版《恶之花》。

102　巴黎梦[①]

——献给康斯坦丁·居伊

一

那可怕的奇观，
凡胎无从得见，
历历在目，依稀遥远，
今朝仍令我神迷目眩。

奇迹充斥着梦幻！
我心忽萌发怪念，
想把荒芜的花草
在这景观里重剪，

如画家恃才傲物，
欣赏自己的画卷，
从水和金石颜料

---

① 本诗作于 1860 年 3 月，有两份手稿，首次发表于 1860 年 5 月 15 日《当代评论》。康斯坦丁·居伊（Constantin Guys，1802—1892），法国画家。

品味醉人的简单。

通天塔台阶纵横，拱廊参天①，
那是座未完成的宫殿，
喷泉处处，瀑布飞湍，
挥洒粗细有致的金线；

沉甸甸的飞雨，
有如水晶卷帘，
高悬金属崖壁，
令人眼花缭乱。

并非树木的柱廊，
拥簇安憩的水泉，
一众伟岸的水神②，
似少妇顾影自怜。

平静湛蓝的水面
环绕花红柳绿的堤岸，
要跨越万水千山，

---

① 通天塔（Babel），又称巴别塔。据《旧约·创世记》，挪亚的子孙计划兴建通往天堂的高塔，上帝为阻止人类的计划，便让人们说不同的语言，使人类相互之间不能沟通，建塔计划因此失败，人类自此各散东西。

② 水神，原文为 naïades，是希腊神话中的水泽女神。

流向宇宙的边缘；

那是稀世的宝玉，
那是魔幻的波澜；
那是巨大的宝鉴，
映照出气象万千！

恒河淌苍天，
无虑又无言，
宝瓶中的珍玩，
倾入钻石深渊。

我建造个人的仙境，
一切全凭我的意愿，
要海洋服帖地流入隧道，
隧道要用宝石镶嵌；

就连最晦暗的色彩，
也锃亮若彩虹斑斓；
流水将它们的荣耀
嵌入水晶般的光线。

没有夕阳残照，

更无星汉灿烂，
为照亮这片奇观，
全凭自身的火焰！

（真是可怕的新鲜，
百闻不如一见！）
奇观莫测变幻，
笼罩永恒的安恬。

二

我睁开冒火双眼，
可怕的陋居依然，
我藏身灵魂深处，
仍痛感可恶厌烦。

午时的丧钟骤响，
那音调断肠凄婉，
悲哀麻木的世界，
苍天正倾泻黑暗。

103　晨曦①

起床的号角声响彻了军营，
晨风正吹拂着街边的路灯。

此时，邪恶的梦好似蜂群
将沉睡中的棕发少年刺痛；
街灯像充血的眼飘忽闪动，
为白昼涂抹上了一缕微红；
犹如灵魂不堪暴烈的重压，
在上演街灯与太阳的抗争。
仿佛微风吹干流泪的面容，
空气中充塞着往事的颤动，
男人懒动笔，女人倦谈情。

远近房舍，炊烟袅袅上升。
卖笑的烟花女仍眼皮青肿，

---

① 本诗作于1852年，首次发表于1855年6月2日诗文集刊《枫丹白露》，现存一份手稿，手稿上的标题为《大都市的阴阳昏晓：清晨》(*Les deux crépuscules de la grande Ville: Le matin*)，与第95首《薄暮》为姊妹篇。

咧着大嘴，兀自蠢睡不醒；
穷妇人双乳下垂干瘪冰冷，
呵手指，吹薪火，热残羹。
这时候，饥寒交迫的贫病
大大加剧了产妇们的阵痛；
像血沫的翻涌打断了呜咽，
远方鸡鸣划破雾霾的天空；
楼台紧锁，陷入雾海重重，
在收容所的深处，弥留者
抽噎挣扎，终于咽气命终。
精疲力竭的浪子返回家中。

晨曦瑟瑟颤抖，挂绿披红，
沿清冷的塞纳河缓缓移动，
黯淡的巴黎像个辛勤老翁，
拿起工具，却仍睡眼惺忪。

104　酒魂[①]

有天晚上，酒魂在瓶中高唱：
“我置身朱漆封蜡的玻璃牢房，
人呵，亲爱的穷小子，一曲
光明友爱之歌我要为你唱响！

“我知道，在那流火的山冈，
几多辛劳，几多汗水骄阳，
才赋予我灵魂和生命之光；
我可不坏，恩情不敢遗忘，

“每当我流入劳动者疲倦的
喉腔，我便感无比的欢畅，
火热的胸膛是温暖的坟圹，
比呆在冰冷的酒窖里舒畅。

---

① 本诗作于1844年9月，首次发表于1850年6月号《家庭杂志》，是波德莱尔以《灵薄狱》（*les Limbes*）为总标题发表的两首诗中的第1首，原标题为《家庭诗篇——正人君子之酒》（*Poésies de la famille: le Vin des Honnêtes gens*）；1851年9月27日再发表于《民众理想国·民主年鉴》（*République du Peuple. Almanach démocratique*）。

“当主日的圣歌回响，你可
听到我跳动的心放歌希望？
当你双肘枕桌，摩拳擦掌，
你会满面红光，将我赞扬；

“我令你微醺的娇妻星眸闪亮；
令你儿面若桃花，陡增力量，
对生活中的弱者，我是油膏，
能令角斗士的筋骨更加强壮。

“你体内流入的葡萄琼浆，是
永恒播种者播撒的宝贵食粮[①]，
让我们的爱升华出诗情画意，
像朵朵奇葩向上帝竞相绽放！”

---

① 永恒播种者（l'éternel Semeur），指上帝。

105 拾荒者之酒[①]

街灯的红光常常摇曳忽闪，
那是风吹动火苗晃动灯伞，
泥泞迷宫一般的古镇中心，
风暴将至，人群攒动不安，

走来个拾荒者他头摇目颤，
恰如碰壁的诗人步履蹒跚，
他无视四周暗探，全身心
沉浸于心目中的宏图伟愿。

他口授大法，信誓旦旦，
像扶危济贫，惩恶扬善，
似苍天之下，华盖高悬，
沉醉于自身美德的光环。

① 本诗1854年11月15日首次发表于《葡萄约翰：葡萄酒产区的欢快杂志》；1857年6月18日再发表于《阿朗松报》，有两份手稿，第一份署名“夏尔·波德莱尔”，是最早的一份手稿，其文本与本诗大不相同，第二份手稿标注的日期为1852年，与本诗也有不小的差异，且仅有6节24行。

是呵，此辈饱尝生活熬煎，
年齿日增，身心疲惫不堪，
大巴黎倾吐的垃圾将他们
压得筋疲力竭，背驼腰弯。

归途中他们个个酒气熏天，
跟着白发苍苍的沙场伙伴，
耷拉的胡须仿佛破旧军旗。
旌麾、鲜花、凯旋的弓箭

似充满魔力般在他们面前涌现！
震耳欲聋的酒神盛宴光华灿烂，
伴着号角、阳光、战鼓、呐喊，
向沉醉于爱的民众将光荣奉献！

将浅薄的人性看穿，惟有酒
似流金的帕多河水值得留恋[①]；
它的功绩经人们的喉咙传赞，
就仿佛是真命天子君临尘寰。

---

① 帕多河（Pactole），希腊神话：小亚细亚弗里吉亚（Phrygie）国王弥达斯（Midas）跟从酒神狄奥尼索斯（Dionysos）学会点金术后，触物成金，终至饥渴不堪，于是恳求狄奥尼索斯帮助他解除这一法术。狄奥尼索斯让弥达斯到帕多河沐浴，从此帕多河水变成了金砂。

寂寥中这些可怜老者终将逝去，
上帝在愧疚之余，创造了长眠，
为他们能死而瞑目，解恨报冤；
人，又将美酒这赤日圣子增添！

106　杀人犯之酒①

老婆死了，我有了自由时光！
从此可一醉方休，痛饮琼浆。
过去我回家时兜里分文俱光，
她的咆哮声曾令我撕心裂肠。

我真快活，像个国王；
空气清新，蓝天浩荡……
我们曾有过如此夏日，
那时的我正坠入情网！

可怕的酒渴令我发狂，
我本应把酒全部喝光，
喝下的美酒足以填满
她的坟圹；——绝非虚妄：

当时，我把她推入井底，
还干了落井下石的勾当，

① 本诗约作于1843年，首次发表于1848年11月号《酒商回声》。

井栏的石头全压她身上，
——但愿我能将她遗忘！

温柔的山盟海誓在上，
我们再不会天各一方，
为了我们能鸳梦重温，
要趁酒醉的美好辰光，

我恳求她来一诉衷肠，
黄昏后，在昏暗小巷。
她来了！——这痴狂造物！
我俩或多或少都略带疯狂！

尽管疲累不堪，她
却依旧漂亮！而我，
我那样爱她！才会
说：你该死，姑娘！

无人能理解我的衷肠。
这醉鬼无疑丧心病狂，
谁会在这个病态之夜，
竟想用美酒做件寿装？

这恶棍定很强梁，
机器般铁石心肠，
无论是寒来暑往，
从不懂真爱无疆，

用黑色的迷魂大法，
用地狱下葬的惊惶，
用毒药、眼泪还有
锁链、枯骨的声响！

——我自由了，却又孤独彷徨！
今宵干脆醉死梦乡；
既然心中无惧无悔，
那就索性以地为床，

像条狗睡个酣畅！
任货车来来往往，
满载着石块砂浆
横冲直撞，尽可

碾碎我罪恶的头或将我
拦腰轧断，并弃掷路旁，
我可不在乎什么圣餐台，
更何况什么上帝、魔王！

107　孤独者之酒[①]

那位风尘女郎她目光异样，
秋波暗送，宛若一束白光，
仿佛沐浴慵倦之美的月亮
在涟漪的湖面将清辉荡漾；

赌徒手上的最后一袋埃居[②]；
赢瘦阿黛丽娜的亲吻放浪[③]；
那都是温存而颓靡的声响，
仿佛人性痛苦久远的哭嚷，

深深的酒瓶呵，你浑圆的瓶肚
包罗世间万象，为虔诚诗人的
焦渴心保留慰藉而沁人的酒香；

---

① 本诗首次发表于1857年第一版《恶之花》。
② 埃居（écu），法国古钱币名，种类很多，价值不一。
③ 阿黛丽娜（Adeline），泛指妓女。

为他斟满青春、生命和希望，

——而傲骨，这寒士的珍藏，

使我们像众神一样凯旋昂扬！

108　情侣之酒[①]

今日的长空壮丽清朗！
不要马衔和马刺马缰，
让我们跨上酒的骏马，
驰往仙境般神圣穹苍！

像对久遭磨难的天使，
我们饱尝无情的谵妄[②]，
在水晶般蔚蓝的清晨
将远方海市蜃楼寻访！

乘着旋风轻飏的翅膀，
我们舒缓地左摆右晃，
兴奋执著，同样热狂，

① 本诗首次发表于1857年第一版《恶之花》。
② 谵妄（la calenture），热带地区一种因日晒过多而发生的脑病，患者易发生幻觉，往往投海而死。——原注。

小妹，我们比翼翱翔，

飘飘欲仙，随风所向，

共同逃往梦想的天堂！

恶之花

109　毁灭[①]

恶魔不停地躁动在我身旁；
像四周飘忽的空气般游荡；
我吞下它，顿感焚灼难当，
内心充满永恒邪恶的欲望。

我酷爱艺术，它了若指掌，
有时就化身为风骚的媚娘，
并且还以口是心非的扯谎
骗我甘于将下流春药品尝。

它诱惑我远离上帝的目光，
进入幽深苍凉的厌倦之乡，
令我气喘吁吁，神疲力丧，

还向我充满惶惑的眼抛来
污秽的衣裳、裂开的创伤
和毁灭之神血淋淋的刀光！

---

① 本诗首次发表于1855年6月1日《两世界评论》，是波德莱尔首次以《恶之花》为总标题发表的18首诗中的第15首，原标题为《逸乐》（*La Volupté*）。

110 殉情女[①]

——为一位不知名画家的素描而作

四周是香水瓶和绣金织锦，
　　还有豪华的家具，
摆放着雕像、名画和皱裙，
　　奢靡且弥漫香气，

暖阁像一间温室，漂浮着
　　危险致命的空气，
水晶棺中正在凋萎的花朵
　　吐出临终的气息，

那无头尸在淌血，河水般
　　流向干涸的枕席，
布枕狂饮着殷红流动的血，
　　似旱地恰逢甘雨。

① 本诗首次发表于 1857 年第一版《恶之花》。

仿佛黑暗分娩的苍白幻象
　　令我们瞠目惊奇，
她头上云鬖般浓密的乌丝
　　装饰得珠光宝气，

床头柜上，毛茛般的头颅[①]
　　无思无识地安息，
翻着白眼的目光苍白迷离，
　　宛若破晓的晨曦。

床上卧着一丝不挂的裸躯，
　　放纵得大胆惬意，
展示隐秘光彩和天生美丽
　　这大自然的赠予；

腿上一只饰金的肉色长袜，
　　仿佛残留的记忆；
吊袜带如燃烧的神秘之眼，
　　目光钻石般犀利。

古怪的面容似倦怠的巨照，

① 毛茛（renoncule），多年生草本植物，茎叶有绒毛，单叶，掌状分裂，花黄色，有光泽，果穗作球状。植株有毒，可入药。

映出了她的孤寂，
挑衅般的目光如她的身姿，
流露出爱的勃郁，

奇特的狂欢充斥地狱之吻，
遍布罪孽的欢娱，
成群结队的恶魔心花怒放，
在帷幔缝隙游弋；

反观那起伏的曲线与肩臂
雅致动人的清癯，
瘦瘦的翘臀和结实的躯体
像条蛇发怒挺立，

她年轻至极！——怒魂与
迷恋厌倦的意绪，
对游移和失落的贪婪色欲
是否仍半阖半启？

你生前未满足那记仇情夫，
尽管你柔情蜜意，
这任人摆布的肉体，可曾
满足他旺盛情欲？

说，淫尸！他可揪住长辫，

　　用烫手把你掀起，

可怕的头，在你冰冷齿间，

　　可留有临终吻礼？

——远离嘲讽世界和龌龊群体，

　　避开法官的猎奇，

安睡吧，奇特女人，在你

　　神秘的墓中安憩；

海角天涯，你不朽的形体

　　护佑在丈夫梦里，

他的忠诚亦同你一般无异，

　　至死会忠贞不渝。

111 孽妇[①]

宛若沉思的牲畜静卧沙滩，
她们侧首回眸，极目海天，
交错的双腿与勾连的双手
袒露温情倦怠和苦涩震颤。

在丛林深处，有溪水潺潺，
一些人醉心于心灵的长谈，
并在幼树的嫩皮上拼写和
镌刻下她青涩童年的爱恋；

有人似修女，步态庄严徐缓，
穿过众幽灵出没的峭壁山岩，
圣安东尼曾在那儿目睹诱惑[②]，
粉红色裸乳似熔岩惊掠视线；

---

① 本诗首次发表于1857年第一版《恶之花》。1857年8月20日，法庭在审理《恶之花》案时，公诉人曾要求法院勒令将该诗与另外6首诗一并删除，但未被法庭接受。

② 圣安东尼（Saint Antoine，251—356），宗教隐士，传说他在隐修中抗拒了魔鬼的种种诱惑。

有人借松脂火把飘忽的火焰
在古寂的异教徒秘穴中呼喊，
请你纾缓你热狂的歇斯底里，
巴库斯仍沿用悔恨古法催眠①！

有人喜欢将圣衣遮掩在胸前，
长长的圣衣下面暗藏着皮鞭，
在阴暗的树林和孤寂的夜晚，
愉悦的泡沫掺杂着楚泪涟涟。

你们这些玩世不恭的至伟灵魂，
哦贞女，妖孽，殉道者，魔幻，
你们探求无限，虔诚而又淫贱，
时而泪如雨下，时而癫狂痴喊，

地狱中，我的灵魂将你们追赶，
可怜姐妹，我为你们爱怜哀叹，
为了你们的忧苦和无尽的焦渴，
为你们心中伟大的爱之骨灰罐！

---

① 巴库斯（Bacchus），希腊神话中的酒神。

112 两个好姐妹[①]

淫神死神相伴，一对可人娇娘，
从不吝惜香吻，体魄健美强壮，
娇躯长葆贞洁，衣衫百孔千疮，
永恒辛勤耕耘，却从未曾生养。

阴郁的诗人原是那家庭的叛逆，
囊中一贫如洗，充当地狱傧相，
殊不知绿荫之下，淫窟和坟圹
为他备下了悔恨也忌讳的花床。

那亵渎神明的棺木与花床
似好姐妹一双，轮番施放
骇人的温情和可怕的欢畅。

淫神，你的脏手何时将我埋葬？
死神，你的风骚何时挑战淫荡，
再将乌柏嫁接上腐臭的桃金娘[②]？

---

① 本诗约作于 1842 年，首次发表于 1857 年第一版《恶之花》。
② 乌柏（noir cyprès）象征死亡，桃金娘（myrte）象征情爱。

113　血泉[①]

有时，我会感到热血激荡，
似呜咽的山泉在有致奔淌。
我分明已经听到血流汩汩，
却无从知晓到底何处有伤。

血漫全城，似再现角斗场，
街成孤岛，环绕血海汪洋，
鲜血纾解世间万物的干渴，
大自然仿佛处处尽染红妆。

我每每求助于醉人的美酒，
将折磨我的恐惧哄醉梦乡；
可美酒却让我更耳聪眼亮！

我从情爱中寻觅忘忧之梦，
可情爱于我无异硬板针床，
任残忍的卖笑女饱饮血浆！

① 本诗作于1852年，现存手稿一份，首次发表于1857年第一版《恶之花》。

114 寓意[①]

这个女子果真是端庄靓丽，
一任长长的秀发拖在酒里。
情爱的魔爪和赌博的荼毒，
销蚀她石雕般的玉肤冰肌。
死神与淫神她俱嘲笑睥睨，
魔爪的摧残从未旗偃鼓息，
但对她强韧和高贵的躯体，
在毁灭游戏中仍犹存敬意。
她端坐似后妃，行如神女；
寻欢中也遵从穆斯林戒律，
她用明眸将各色人等召唤，
张开的双臂之间丰乳充溢。
她似乎认知，不育的处女
对世界进化原来大有裨益，
肉体之美乃是上苍的赠与，
足可抵销摆脱秽行与卑鄙。

---

① 本诗约作于 1843 年，首次发表于 1857 年第一版《恶之花》。

她不识阴曹，也不知炼狱，

当那沦入沉沉黑夜的时辰

来临之际，她会逼视死神——

无恨无悔，像个初生孩提。

115 贝雅特丽姬[①]

寸草不生，满目是涂炭焦黄，
一天，我对大自然怨忿满腔，
我东游西逛，但在心头
慢慢将思想的匕首磨亮，
正午时分，我看到头上
暴雨前的压城黑云飘荡，
云层中滚落一群邪恶的魔王，
乖戾好奇，侏儒般目露凶光，
齐聚身旁将我冷眼打量，
有如路人围观疯子一样，
我听到它们讪笑和窃语，
又指手画脚，交换目光：

——“好好看看这小丑的模样，

---

① 本诗首次发表于 1855 年 6 月 1 日《两世界评论》，系为让娜·迪瓦尔而作，是波德莱尔首次以《恶之花》为总标题发表的 18 首诗中的第 16 首。贝雅特丽姬（Béatrice），意大利著名诗人但丁（Dante Alighieri，1265—1321）青年时期的恋人。但丁九岁时邂逅贝雅特丽姬，对她一见钟情。贝雅特丽姬成为他日后创作《新生》(*La Vita Nuova*) 和《神曲》(*La Divina Commedia*) 的源泉。

东施效颦，将哈姆莱特模仿[①]，
目光优柔寡断，发绺随风扬。
看看这大活宝、无赖、怪人、
无聊蹩脚的戏子真可怜荒唐，
只因他自以为如何作势装腔，
才能让鹰隼蟋蟀、溪流鲜花
都有兴趣欣赏他的哀吟浅唱，
当着我们这些玩花招的鼻祖，
竟也敢将老掉牙的独白嚎唱？”

我高傲的头本可扭向一旁，
（我傲如群山，冷峻清朗，
俯瞰乌云蔽日，群魔乱嚷，）
罪恶无法撼动天上的太阳，
倘若在龌龊群氓中没见到
我心目中双眸绝美的女王！
可她却与群魔嘲笑我抑郁的忧伤，
还将淫猥爱抚频频抛向魑魅魍魉。

① 哈姆莱特（Hamlet），莎士比亚同名悲剧中的主人公。

116 西特岛之旅[①]

我的心如飞鸟，快乐翱翔，
自由地盘旋在帆樯之上；
万里无云，小舟乘风破浪，
宛若安琪尔陶醉于艳阳。

什么岛如此黑暗凄凉？——人道是
西特岛，歌谣中的名胜之邦，
是所有老光棍口耳相传的乐土[②]。
看吧，竟然是一片僻壤穷乡。

——甜美隐私和欢心之岛！
维纳斯的幻象千古流芳，
在海面上熏香般迷蒙回荡，

---

① 本诗作于1852年，首次发表于1855年6月1日《两世界评论》，是波德莱尔首次以《恶之花》为总标题发表的18首诗中的第17首。现存手稿一份，手稿空白处有波德莱尔的题记，称本诗系他阅读1844年6月30日和8月11日《艺术家》（*l'Artiste*）上的一篇散文《西特岛之旅》（*Voyage à Cythère*）后而作，作者是波德莱尔的朋友、诗人奈瓦尔（Gérard de Nerval，1808—1855）。文中说他沿西特岛海岸航行时，曾看见一具三足绞架。西特岛（Cythère），爱琴海中的小岛，传说爱神维纳斯即在附近的海中诞生，并在该岛上岸，故该岛为其居所和圣地。

② 原文为西班牙文（Eldorado），意为“黄金国”，指人类理想中的乐园。

思绪中充塞情爱和忧伤。

处处绿色桃金娘，鸟语花香，
美丽之岛，世人崇圣景仰，
爱慕之情化作了心灵的叹息，
如氤氲香气在玫瑰园流淌，

又如野鸽子咕咕地永恒鸣唱！
——如今西特岛一片荒凉，
砾石荒漠中充斥尖利的嘶嚷，
我还看到一幕怪异的景象！

可那绝非是浓荫掩映下的庙堂，
没有喜爱花草的妙龄女祭司
徜徉，体内燃烧着隐秘的情火，
微风中，她飞扬的长袍微敞；

我们的船正沿海岸线巡航，
白帆惊起片片沙鸥翱翔，
一具三足的绞架撞入眼帘，
那黑影似乌柏直插穹苍①。

---

① 乌柏（noir cyprès），参看第112首《两个好姐妹》注释。

一群猛禽蹲踞在食物之上，
将腐败的悬尸疯狂撕抢，
纷纷把锋利的喙当作刀叉，
争相戳进冒着血的地方；

转瞬间双目成洞，腹变空膛，
腿上耷拉着沉甸甸的肚肠，
利喙一口口阉割着残尸腐肉，
面对着腐恶美味如虎似狼。

绞架下成群的野兽馋涎滴淌，
张嘴仰望，四周徘徊游荡；
当中的巨兽焦躁难当，活像
行刑者，喽啰们拥簇在旁。

天之骄子，你仙居西特岛上，
凌辱面前你居然闷声不响，
你为污秽的崇拜和罪孽受惩，
连有座藏身坟墓也成奢望。

可笑悬尸，我难免兔死狐伤！
随着你四肢晃荡，我感到

往昔的痛苦化作怨恨的波浪，
阵阵作呕，在我齿间冲荡；

可怜鬼，你也曾有珍贵怀想，
面对你，我顿感丑鸦长喙
撕抢，黑豹血口大张，渴望
某一天将我撕成齑粉肉酱。

——沧海如镜，天清气朗；
从此，俱化为秽血夜光，
唉！像被厚重的尸衣装殓，
我的心在这寓意中下葬。

呵，维纳斯！在你岛上，只见
象征性的绞架吊着我的影像……
——呵上苍！请赐我勇气力量，
直面坚忍，将我之身心观望！

117 爱神与脑壳[①]

——古老的尾花

那是人类的脑壳，
　　爱神端坐上面，
置身渎神的宝座，
　　笑得肆无忌惮，

他恣意吹着皂泡，
　　皂泡扶摇云端，
仿佛在召集世人，
　　齐聚太空之巅。

皂泡质脆而璀璨，
　　奋力跃上蓝天，
迸裂后魂飞魄散，

① 本诗系波德莱尔在比利时列日图片与绘画陈列馆（Cabinet des Estampes et des Dessins）观赏荷兰画家戈尔齐乌斯（Hendrik Goltzius，1558—1617）的两幅版画后有感而作，首次发表于1855年6月1日《两世界评论》，是波德莱尔首次以《恶之花》为总标题发表的18首诗中的最后一首。尾花（cul-de-lampe），在报刊、书籍中诗文末尾空白处的装饰性图画。

　　恰似黄金梦断。

皂泡的碎裂声中，
　　我闻脑壳哀叹：
——“残忍可笑的把戏，
　　何处才算一站？

“只因这杀人怪物，
　　嘴巴冷酷凶残，
将我的心脑血肉，
　　抛洒万里云天！”

反抗

118　圣彼得的背弃[①]

你如何面对如潮咒诅，上帝？
它每日向可爱天神汹涌冲击！
你却像一位酒肉餍足的昏君，
在我们的毒咒声中坦然安憩。

殉道者和待决犯的号泣，
无疑是令人陶醉的乐曲，
他们愿为欢乐血洒大地，
老天爷却并未称心如意。

——呵耶稣！橄榄园你尚能想起[②]？
你曾双膝跪地，虔诚地祷告上帝，
卑鄙刽子手将铁钉楔入你的肉体，
锤声阵阵，他却在上天笑眼眯起，

① 本诗作于1852年，有一份手稿，首次发表于1852年10月号《巴黎评论》。圣彼得（Saint Pierre），耶稣的十二门徒之一。据《新约·马太福音》第26章，耶稣在被捕前曾告诉彼得，预言彼得在鸡鸣以前会三次不认他。耶稣被捕后，彼得面对盘问，曾三次否认认识耶稣，直至鸡鸣。

② 橄榄园（Jardin des Olives），耶稣的蒙难之地。

当你看到卫兵厨子队队兵痞
无耻地对你的神性羞辱唾弃，
当你感到头颅上被刺满荆棘，
那曾是永恒人性的博大天地；

当撕裂你躯体的可怕重力
拉长你张开的双臂，当你
被当作靶子一样游街示众，
惨白前额上淌着汗和血滴，

你可梦见辉煌而美好的往昔，
你曾为永恒的诺言奔走不息，
你骑着一头温驯的毛驴走过，
橄榄枝和鲜花沿途铺天盖地。

你胸中曾升腾起希望和勇气，
你用力鞭笞奸商，痛斥卑鄙①，
你是否终于主宰大地？悔意
是否比长矛更早地刺入心底？

---

① 据《新约·约翰福音》第2章，逾越节时，耶稣骑驴去耶路撒冷，发现奸商勾结祭司家族，占据圣殿，强买强卖，他十分愤怒，一反平素柔和的举止，动手推翻桌椅，把奸商鞭打驱逐出去，将摊位拆除。

——至于我，我确愿欣然逃离
这行动与梦想并非姊妹的天地；
我只能舞枪弄棒，或死于剑戟！
圣彼得不认耶稣……正确无比！

119 亚伯与该隐①

一

亚伯的子孙，你吃喝睡眠，
上帝都对你相迎笑脸。

该隐的子孙，在污秽世间
挣扎苦捱，死相凄惨。

亚伯的子孙，祭神的奉献
熨帖上品天神的心坎！

该隐的子孙，对你的惩罚
难道真的是苦海无边？

亚伯的子孙，你年复一年

---

① 本诗首次发表于 1857 年第一版《恶之花》。亚伯（Abel）与该隐（Gaïn）是亚当和夏娃的次子和长子。据《旧约·创世记》第 4 章，该隐由于妒忌上帝偏爱亚伯的供奉而将亚伯杀害，被罚永世流浪。

五谷丰登，牛羊满圈；

该隐的子孙，你饥肠辘辘，
像老狗一样枵腹号喊。

亚伯的子孙，你周身温暖，
围坐祖先传下的炉畔；

该隐的子孙，豺狗般可怜，
冰冷洞窟中寒噤打颤！

亚伯的子孙，恋爱和蕃衍！
财源滚滚，金币生钱。

该隐的子孙，妒火胸中燃，
你的贪欲当自律收敛。

亚伯的子孙，如椿象一般①，
丰衣足食，薪火相传！

该隐的子孙，你深陷绝境，

---

① 椿象（punaise des bois），昆虫的一科，种类很多，多数为害虫。身体为圆形或椭圆形，头部有单眼，以吸食植物的茎或果实的汁为食。

举家流沛，潦倒路边。

二

呵亚伯的子孙，你的腐尸
正可以滋养沃土良田！

该隐的子孙，你劳作终日，
难道仍没有功德圆满？

亚伯的子孙，你真是丢脸：
犁刀竟然被猎矛所断！

该隐的子孙，请跃上青天，
揪下上帝，弃置尘寰！

120　献给撒旦的连祷文[①]

最博学最俊美的天神呵，撒旦，
你背负骂名，只缘命运的背叛，

哦，撒旦，请悲悯我一世苦难！

流亡的君主呵，世人让你蒙冤，
你却屡败屡战，更加坚韧强悍。

哦，撒旦，请悲悯我一世苦难！

你有满腹经纶，君临地府洞天，
你是普世郎中，为人排忧解难，

哦，撒旦，请悲悯我一世苦难！

无论麻风病人，无论刁民卑贱，

① 本诗首次发表于 1857 年第一版《恶之花》。连祷文（les litanies），宗教祈祷的一种形式，以反复吟咏的方式进行。

你都一视同仁，布施天堂温暖，

哦，撒旦，请悲悯我一世苦难！

你那死神情侣，年迈却又强健，
让她生下希望——迷人又疯癫！

哦，撒旦，请悲悯我一世苦难！

视死如归眼神，你为囚犯相传，
绞架旁的草民，你教他用白眼，

哦，撒旦，请悲悯我一世苦难！

你知晓地上哪个旮旯令人艳羡，
是猜忌的上帝在那里秘藏珍玩，

哦，撒旦，请悲悯我一世苦难！

武库深深，难逃你睿智的慧眼，
大批金属刀剑在那里深埋长眠，

哦，撒旦，请悲悯我一世苦难！

梦游的人，游荡在楼顶的边缘，
你巨臂擎天，遮挡住峭壁巉岩，

哦，撒旦，请悲悯我一世苦难！

迟归的醉汉，不幸被奔马撞翻，
你神术回天，令朽骨柔软如前，

哦，撒旦，请悲悯我一世苦难！

为了抚慰弱者，救人免于苦难，
你教我们配比芒硝硫磺和木炭[①]，

哦，撒旦，请悲悯我一世苦难！

你的印记，那是你机敏的伙伴，
为富不仁的富豪你给他们黥面，

哦，撒旦，请悲悯我一世苦难！

在姑娘的心底与双眼，你植入

① 指配制火药。

对创伤的崇拜和对褴褛的钦羡，

哦，撒旦，请悲悯我一世苦难！

流放者的木杖，发明家的灯盏，
你聆听吊死鬼和阴谋家的忏言，

哦，撒旦，请悲悯我一世苦难！

天父雷霆暴怒，将人逐出乐园，
你被奉为养父，个个喜笑欢颜，

哦，撒旦，请悲悯我一世苦难！

祷语

撒旦呵，光荣和赞歌向你奉献，
无论在你君临高远的苍天，或
失败后你冥思默想的地狱深渊！
智慧树下，愿我之灵有朝一日[①]
安憩在你身边，那时你的额前
定会叶茂枝繁，宛若新的圣殿！

---

① 智慧树（l’Arbre de Science），即伊甸园中的知善恶树，食用该树的果实后便有智慧，知羞耻，辨善恶。亚当和夏娃受蛇的诱惑，偷吃了树上的禁果，遂被逐出乐园。典出《旧约·创世纪》第2章。

121　情侣之死[①]

我们将拥有清香的卧床，
深阔的长沙发有若坟圹，
架子上摆放着奇花异草，
碧空下为我们尽情绽放。

两颗心恰似巨大的火把，
竞相释放出最后的热量，
似一对魂灵组成鸳鸯镜，
翻倍成双地反射着光芒。

绛紫神秘和蓝色的晚上，
我们倾心互射专注电光，
似离愁和暗怨呜咽绵长；

天使不久会将大门微敞，
他忠诚而欢畅，会拨旺
死灭的火，将污镜擦亮。

① 本诗首次发表于1851年4月9日《议会信使》，是波德莱尔以《灵薄狱》(*les Limbes*）为总标题发表的11首诗中的第10首。

122 穷人之死[①]

唉！死是慰藉和生的向往；
是生之目的，惟一的希望，
它似酏剂麻醉和刺激我们[②]
振作精神，走向夜色苍茫；

历经疾风暴雨和冰雪严霜，
它是昏黑天际倏忽的光亮；
它是亡灵书中记载的名寮，
可吃坐无忧又能安卧梦乡；

它是张开磁力手指的天使，
它恩赐美梦又将长眠执掌，
还为赤裸的穷人打点铺床；

---

① 本诗约作于 1852 年，有一份手稿，原标题为《死神》(*La Mort*)，首次发表于 1857 年第一版《恶之花》。

② 酏剂（élixir），含有糖和挥发油或另有主要药物的酒精溶液的制剂。

它是众神之荣，神秘之仓，

穷人的钱袋，古老的故乡，

它是陌生天国敞开的门廊！

123 艺术家之死①

阴丑东西，我要多少次摇起
铃铛，还要吻你低垂的发髻？
为了对神秘的本质一矢中的，
箭囊呵，你要耗费几多箭羽？

我们得潜心谋划，费尽心机，
我们要冲破无数沉重的藩篱，
在亲睹伟大的诗篇问世前夕，
可怕的冲动令我们抽噎号泣！

有人对自己的偶像从不知悉，
这些饱受耻辱的苦命雕塑家
惟有去捶胸顿足，呼天抢地，

怪异阴森的神殿是惟一希冀②！

---

① 本诗首次发表于1851年4月9日《议会信使》，是波德莱尔以《灵薄狱》(*les Limbes*)为总标题发表的11首诗中的最后一首。

② 神殿（Capitole），指罗马神话的主神朱庇特（Jupiter）在卡皮托利山丘上的神殿。此处喻艺术的最高境界。

死神如新的太阳在那里巡弋，

催发脑海中的鲜花绽放美丽！

124　一日之末①

天光暗淡迷蒙，
生命嘶喊躁动，
它跑着，舞着，恣肆扭动。
可淫逸的夜色

早已在地平线上萌动，
它纾缓一切，乃至饥馁伤痛，
它消弭万物，甚至羞耻脸红，
诗人心想："不枉白等！

"我的精神与肉体
都热切地渴求放松；
带着心中凄惶的梦，

"蜷缩进你的帷幔中，
仰面朝天，欣然入梦，
呵，清爽的夜色朦胧！"

① 本诗首次发表于1861年2月9日第二版《恶之花》，再发表于1867年1月1日《十九世纪评论》。

125 一个好奇者的梦[①]

——献给 F.N.

你是否如我，熟知美味的苦痛，
还任人评说：哦！他与众不同！
——我险些驾鹤西行。多情心
得了怪病：欲望中混杂着惊恐；

焦虑和热望，我无心抗争。
宿命的沙漏即将见底告罄，
越痛苦刺激，越回味无穷；
我心脱离渐识渐远的尘境。

我似儿童嗜戏如命，他人
痛恨障碍，我恨幕落曲终……[②]
可最终真相依然冷酷无情：

① 本诗首次发表于 1860 年 5 月 15 日《当代评论》，有两份手稿，第一份手稿的标题是《好奇者之梦》(*Le rêve du Curieux*)。F. N.，即费利克斯·纳达尔（Félix Nadar，1820—1910），法国作家、漫画家和摄影家，波德莱尔的朋友。

② 波德莱尔称自己“似儿童嗜戏如命”，请参阅其私密日记《我心赤裸》(*Mon Coeur misànu*）第 39 篇。

我死了，无臭无声，遁入

可怕的曙色中。——怎么！这就是剧终？

大幕拉起，我却依旧苦等。

126　远行[①]

——献给马克西姆·杜刚

一

对痴迷于铜版画和地图的孩子，
浩瀚宇宙无异于他旺盛的食欲。
呵！华灯下，世界是多么广袤！
在记忆眼中，尘世又如此纤细！

我们清晨出发，满头烈焰思绪，
心中郁结着仇怨、苦涩和贪欲，
我们前行，伴随着波浪的韵律，
在有涯的沧海之间将无涯平息：

有些人庆幸从污秽的祖国逃离，
有些人庆幸远避对故土的恐惧，

---

① 本诗作于 1859 年 2 月，首次发表于 1859 年 2 月 15 日前后的翁弗勒尔《通报》（*Placard*），同年 4 月 10 日发表于《法兰西评论》。马克西姆·杜刚（Maxime Du Camp，1822—1894），法国作家、旅行家、摄影家，波德莱尔的文友。

还有些占星者沉迷于美女秋波，
企盼着能逃避残暴的迷药巫女[①]。

为不沦为牲畜，他们醉心于
时空、光明还有如火的云际；
冰雪的摧剥和为皮肤着色的
阳光，会缓慢拭去吻的痕迹。

为走而走，才是真正的旅人；
心灵似气球一般，轻松无比，
对宿命，他们绝不忌讳逃避，
不问为何，总会说：走出去！

他们愿像浮云一般天涯浪迹，
似新兵梦见大炮便难抑欢喜，
梦想着多变莫测的无穷欢娱，
人心之欲，万难去探究底细！

二

可怕！我们像陀螺和皮球
在回旋跳荡；甚至在梦乡

---

① 迷药巫女，即喀耳刻（Circé），希腊神话中能将人变为牲畜的女巫。

好奇心也令我们辗转惊惶，
似残忍的天使在鞭打太阳。

命运乖张，目标变幻无常，
既不知所终，也无论何往！
人们不知疲倦又抱定希望，
为栖息地疯子般寻觅奔忙！

灵魂似三桅船将伊加利亚寻访①；
“看啊！”一个声音在甲板回响；
又有声音传自桅楼，痴迷热狂：
“爱……福祉……荣光……！”暗礁！上苍！

瞭望者指点每座小岛，说是
命运之神曾允诺的黄金之乡②；
原以为狂欢盛宴已准备停当，
到头来无非是礁石掩映霞光。

你这可怜人，你情系乌托邦！
是否应铁链缠身，扔进汪洋？

---

① 伊加利亚（Icarie），法国空想社会主义者卡贝（Etienne Cabet，1788—1856）在其1840年发表的作品《伊加利亚旅行记》（*Voyage en Icarie*）中虚构的未来之地。

② 黄金之乡（Eldorado），参看第116首《西特岛之旅》注释。

醉酒水手，你杜撰美洲仙乡，
这蜃景令深渊变得愈加悲凉，

就像泥泞中奔忙的老流浪汉，
鼻孔朝天，梦想着辉煌天堂；
着魔的眼满以为卡普阿历历
在望，孰料是蜗居闪烁烛光[①]。

三

可叹的旅人你双眸深似海洋，
我们从中解读几多历史辉煌！
请打开你们记忆丰富的宝藏，
展示星辰与太空的宝气珠光。

我们想远行，不靠蒸汽帆樯！
只为把坐牢的厌倦感觉涤荡，
请像画布般延展我们的灵魂，
将回忆和海角天涯悉数绘上。

讲吧，你们都见过什么景象？

---

① 卡普阿（Capoue），意大利古城，位于罗马东南。公元前 3 世纪迦太基名将汉尼拔（Hannibal Barca，公元前 247—公元前 183）入侵罗马帝国，在攻占卡普阿后曾一度沉湎酒色。卡普阿也因此成为了安乐窝或温柔乡的代名词。

四

“我们曾目睹熠熠星光，
见过莽莽黄沙，滔天巨浪；
尽管有些刺激和意外灾祸，
也仍感厌倦，像这里一样。

“辉煌阳光挥洒在紫色之海，
壮丽城市笼罩西下的斜阳，
我们心中燃起不安的热望，
渴盼融入反射诱惑的穹苍。

“最富庶之城，最壮美的风光，
比不上白云苍狗，万千气象，
它禀赋的神秘魅力举世无双。
求之若渴总让我们焦虑彷徨！

“——享乐为欲望增添力量。
欲望这株老树靠欢乐滋养，
请你让树皮变得皲硬粗糙，
枝条总想更近地看见太阳！

“这大树的活力竟比松柏更强，

你还想生长？——我们精心
收集美图，满足你贪婪收藏，
既然老兄以为远景更为漂亮！

“我们欢呼过垂着象鼻的偶像①；
拜谒过镶钻的宝座璀璨明亮；
瞻仰过华美殿堂，美妙盛况
对银行家们不啻昂贵的梦想；

“有身怀绝技的艺人与蛇共舞；
有令人眼花缭乱的华美盛装，
还有涂贝齿、染指甲的美娘。”

五

你们还见过什么？再讲讲！

六

“唉，你可真是孩子气！

“有件要紧的事我不该忘记，

① 指印度神话中的象头神伽尼萨（Ganesha）。伽尼萨是湿婆神（Shiva）和雪山女神（Parvati）之子，是创生与破除障碍之神和家庭守护神，保佑婚姻和旅途平安，诗人也从他那里得到灵感。

它已比比皆是，无须寻觅，
自上而下，循着宿命阶梯，
罪孽深重的景象令人厌腻：

“女人如卑贱傲慢愚蠢的奴隶，
自恋少廉耻，自爱也无笑意；
男人似贪婪荒淫冷酷的暴君，
是阴沟臭水，奴才中的奴隶；

“屠夫在寻欢，殉道者在啜泣；
欢宴以鲜血作为增香调味剂；
嗜权毒素娇纵出独夫的暴戾，
臣民对愚昧之鞭却欢喜着迷；

“我们的宗教与各宗教大同小异，
万变离不开升天希冀；圣徒们
为此在钉板和马鬃中寻觅欢娱，
似羽绒榻上的享乐者翻滚惬意；

“饶舌的人类总是自诩才艺，
骄奢淫逸，直与往昔无异，
末日来临仍不忘詈骂上帝：
‘主呵，我的同类，诅咒你！’

“不太愚蠢的人更癫狂出奇，
想逃避命运对大众的拘役，
沉溺于鸦片幻境一蹶不起！
——此乃人世的永恒主题。”

七

游历中得来的教训苦涩异常！
在平庸而渺小的世上，今天，
昨日，明朝，总见自身形象：
恐怖绿洲栖身厌倦荒漠之上！

当走？当留？能留，不慌张，
该走，不彷徨。奔跑，躲藏，
全为蒙骗那警醒宿命的杀手——
时光！唉，总有人徒然奔忙，

如使徒传教，像犹太人流浪，
可即使再舟车劳顿，亦难逃
歹毒角斗士的罗网；还有人
未离襁褓，就学会消磨时光。

当它脚踏我们的脊梁，我们

仍会高呼：向前！满怀希望！
如同当年我们向着中国远航，
极目远天，发缕在风中飘扬，

我们登舟，驶往冥国的海洋，
如年轻的游子们，满心欢畅。
你们可听到阴森迷人的声音：
"请向这边走，你们愿来品尝

"忘忧果的芬芳！这里是
仙果胜地，系君心向往；
再来沉醉于午后那奇特
馨香，这馨香缠绵悠长！"

听闻熟悉腔调，便识幽灵故乡；
那是皮拉得斯向我们张开臂膀[①]。
"想清心，去水里找厄勒克特拉[②]！"

---

① 皮拉得斯（Pylades），希腊神话中的一个王子，是阿伽门农王（Agamemnon）之子俄瑞斯忒斯（Orestes）的密友，是俄瑞斯忒斯的姐姐厄勒克特拉的未婚夫。俄瑞斯忒斯因母亲弑夫另嫁，故弑母为父报仇，然后同皮拉得斯一同逃亡。

② 厄勒克特拉（Electre），希腊神话中俄瑞斯忒斯的姐姐，曾帮助其弟俄瑞斯忒斯弑母为父报仇，后嫁皮拉得斯。研究者认为，此处诗人似在影射让娜·迪瓦尔。

我们曾跪拜的女人在一旁开腔[①]。

八

哦，死神，时辰到了！起锚，老船长！
阳间令人厌倦，死神呵！启航！
哪怕蓝天和碧海漆黑如墨，
你知道我们心底充满阳光！

倒满毒酒，激励我们坚强！
趁烈火在胸中奔荡，我们
遨游深渊，未知中求新奇，
无论它是地狱，还是天堂！

① 研究者认为，此处似为诗人在影射自己的母亲，因为他母亲也曾经再醮。

卷二　吟余集（1866 年）[1]

[1] 《吟余集》由布莱-玛拉西于 1866 年 2 月在阿姆斯特丹出版，共收录了 23 首诗，其中包括 1857 年被法院勒令删除的 6 首诗和大部分当时未曾发表的诗。1861 年波德莱尔亲自审定第二版《恶之花》时，也未将这 23 首诗收录进《恶之花》。

1　浪漫派的落日[①]

尔何清媚，初升的朝阳，
礼炮般将早安问候送上！
——有情人又多么幸运，
礼赞落日远胜梦境辉煌！

未曾忘！……花开原野，清泉流淌，
在阳光的顾盼中痴狂，像心儿跳荡……
——向天边跑，天色已晚，快追上，
至少抓住一缕斜阳！

我徒劳地追逐消逝的上苍；
可夜神的王朝却势不可当，
四寂阴湿，笼罩沮丧悲凉；

---

① 本诗首次发表于1862年1月12日《林荫大道》，1866年12月收入阿塞利诺主编的《浪漫派作品合集》(*Mélanges tirés d'une petite Bibliothèque romantique*)，标题为《落日：压轴的十四行诗》(*Soleil couché. Sonnet-Epilogue*)。《吟余集》的编者对该诗有如下注释："……显然，波德莱尔想以'夜神的王朝势不可当'来说明我们文学的现状，以'蜗牛蟾蜍，沁冷惊惶'来形容与其并非一路的作家……"——原注。

坟墓的气息在黑暗中游荡，

我怯弱的双足刚挪近泥塘，

岂料触到蜗牛蟾蜍，沁冷惊惶。

禁诗篇[①]

① 1857 年 6 月 25 日，《恶之花》初版发行。诗集问世仅 10 天，法国的官方报纸就刊登文章，攻击其“败坏社会道德”。8 月 20 日，法国第六轻罪法庭开庭审理《恶之花》案，判处诗人和出版商支付罚金，还勒令从诗集中删去“有伤风化”的 6 首诗。1949 年，法国最高法院撤销原判，为诗人恢复名誉。“禁诗篇”收录的就是当时被法院勒令删除的这 6 首诗。

2　莱斯波斯[①]

拉丁游戏之母，希腊风流之源，
莱斯波斯呵，亲吻的愉悦幽怨
如阳光般火热，似蜜瓜般清甜，
装点着日夜交替的辉煌与斑斓；
拉丁游戏之母，希腊风流之源，

莱斯波斯呵，热吻似瀑布飞湍，
无畏迸溅，倾泻进无底的深渊，
激流滚滚，时而呜咽时而嘶喊，
忽而云雨神秘，忽而密布悠远；
莱斯波斯呵，热吻似瀑布飞湍！

---

① 本诗首次发表于1850年由朱利安·勒梅尔（Julien Lemer）主编的诗歌选集《爱情诗人》（*les Poëtes de l'Amour*），1857年收录入第一版《恶之花》。莱斯波斯（Lesbos）是爱琴海中一座兼具希腊传统和土耳其风情的奇特岛屿，古希腊著名抒情女诗人萨福（Sapho，约公元前630或612—约公元前592或560）曾住在该岛（一说生于该岛），并在岛上创作了大量的抒情诗，包括情歌、婚歌、颂歌等。但其诗篇中因歌咏同性之爱而被教会视为异端，在中世纪时被全部焚毁，现仅存一首完整的诗章，其余皆为残篇断简。萨福曾在莱斯波斯岛创办女子学院，当时很多希腊女子慕名来岛，拜在其门下学习诗艺。萨福不仅教她们知识，还给她们写了很多带有同性恋情感的诗作，被广为传唱。从19世纪末开始，萨福成为女性同性恋的代名词，"Lesbienne"一词（原指在莱斯波斯女子学院求学的女子）也专指女性同性恋者。

莱斯波斯呵，芙丽涅捉对相恋[1]，
美人之叹总掀起怜香惜玉波澜，
星辰像颂扬帕福斯般将你赞叹[2]，
维纳斯，你嫉妒萨福情有可原！
莱斯波斯呵，芙丽涅捉对相恋，

莱斯波斯呵，热土之夜的慵倦，
让少女在镜前感受不育的快感！
摩挲着爱欲的肉体，眼窝凹陷，
似抚触成熟的果实，惋惜华年；
莱斯波斯呵，热土之夜的慵倦，

就让老柏拉图眯起刻板的双眼[3]；
虽然你热吻过度，却终获赦免，
温柔乡女王，可爱至尊的大地，
你世代奉献着娴雅，永世流传。

---

① 芙丽涅（Phryné），古希腊名妓，相传她因故被送上法庭面临死刑判决，机智而雄辩的辩护人眼看无法以传统的辩护技巧替她脱罪，就在辩护中出其不意地扯下她身上的长袍。法官和五百多位市民陪审员为她完美的女性胴体所折服，她遂被当庭释放。此处泛指美女。

② 帕福斯（Paphos），位于塞浦路斯西部沿海，有著名的维纳斯神殿遗址。据罗马神话，维纳斯女神出生于这片海面。

③ 柏拉图（Platon，公元前 427—公元前 347 年），古希腊著名哲学家。他十分赞赏萨福的才华，曾称其为“第十位缪斯”。

就让老柏拉图眯起刻板的双眼。

虽有永恒的磨难，你终获赦免，
那磨难仍持久摧折奢望的心田，
你的笑脸远离我们却依然灿烂，
虽天各一方，你仍旧若隐若现！
虽有永恒的磨难，你终获赦免！

莱斯波斯，何方神宿敢当法官，
把你劳累奔波的苍白额头审判？
若金色的天平无视你泪水流泛，
小溪般的泪水终汇成洪涛巨澜。
莱斯波斯，何方神宿敢当法官？

正义与否，这类律法与我何干？
心灵高洁的贞女是群岛的体面[①]，
不同的宗教，却有共同的尊严，
爱情既嘲讽地狱，也取笑苍天！
正义与否，这类律法与我何干？

莱斯波斯早已在世间把我挑选，

① 群岛（l'archipel），指爱琴海诸岛屿。

要将如花贞女的奥秘传唱人间，
我自幼对这隐秘黑暗耳濡目染，
不外乎狂笑中羼杂阴郁的泪眼；
莱斯波斯早已在世间把我挑选。

从此，我守卫在琉卡特岛山巅①，
如哨兵般圆睁敏锐忠诚的双眼，
日夜监视着穿梭的帆船和战舰，
点点帆影闪现遥远的碧海蓝天。
从此，我守卫在琉卡特岛山巅，

欲知晓茫茫沧海是否宽宏良善，
能否在礁石间呜咽回荡的夜晚，
向着宽容的莱斯波斯，将萨福
尊贵的遗体送还，她蹈海殉情②，
欲知晓茫茫沧海是否宽宏良善！

阳刚的萨福，她是情种、诗仙，
阴郁的苍白，远比维纳斯美艳！
——湛蓝明眸难敌黑色的双眼，

① 琉卡特岛（Leucate），希腊爱奥尼亚海湾中的一座美丽半岛。
② 相传萨福在 55 岁时爱上了莱斯波斯岛上一名英俊的船夫法翁（Phaon），因失恋在琉卡特岛蹈海殉情而死。

阴沉眼圈因痛苦点染暗影黑瘢。
阳刚的萨福，她是情种、诗仙！

——比遗世独立的维纳斯美艳，
她向珍爱宝贝女儿的海洋老人
尽情倾洒珠宝一般的静谧泰然，
将她金发飘逸的青春光辉奉献；
她远比遗世独立的维纳斯美艳！

——渎圣之日，萨福撒手人寰，
当她向礼法和人为的崇拜挑战，
娇躯由此沦为粗人绝妙的笑谈，
她的亵渎遭遇世俗傲慢的审判。
在渎圣之日，萨福便撒手人寰。

从此后，莱斯波斯就暗自哀叹，
纵然举世倾慕它的荣耀和尊严，
它每晚仍旧沉醉于痛苦的呼喊，
将悲声从荒凉的海岸传向苍天！
从此后，莱斯波斯就暗自哀叹！

3 被诅咒的女人

——黛尔芬与希波吕忒[①]

微弱的烛光幽暗，

枕畔的醇香弥漫，

希波吕忒梦想动情的爱抚

为她掀开烂漫青春的帷幔。

透过被风雨迷乱的双眼，

她追寻童贞已逝的远天，

似游子驻足回眸，远观

清晨走过的蔚蓝地平线。

无力的泪水舒缓了她的双眼，

疲惫和错愕中羼杂沉郁快感，

① 本诗首次发表于 1857 年第一版《恶之花》。据研究者考证，本诗系波德莱尔阅读法国 18 世纪启蒙思想家、哲学家和作家狄德罗（Denis Diderot，1713—1784）的一部同名哲理小说《修女》(*la Religieuse*）后的感慨之作。波德莱尔在《献给圣伯夫（“初出茅庐的我们……”）》一诗中（见《青春集》第 3 首）也曾提到过这部小说。黛尔芬（Delphine）与希波吕忒（Hyppolyte），人名，此处泛指女同性恋者。

垂下的玉臂似武器丢弃一边，
她弱不禁风的美艳淋漓尽现。

她脚边的黛尔芬愉悦悠然，
深情凝望着她，热力四溅，
好似猛兽盯着爪下的猎物，
利齿早已为它打上了标签。

这壮美人跪在弱美人面前，
啜饮着得胜酒，快感欢颜，
再将肢体向她傲慢地舒展，
似乎想要领受甜美的感言。

从那祭品苍白无望的双眼，
她正在寻求着无声的颂赞，
崇敬中交织着无尽的感激，
宛若一声长叹流出了眼睑。

——“亲爱的希波吕忒，你有何感？
现在明白了吧，玫瑰的初蕊
不该当神圣祭品向狂风奉献，
风狂雨骤，只会使鲜花枯干！

"我的轻吻，柔曼似水上蜉蝣，
在黄昏掠过澄澈浩淼的湖面，
情郎之吻，却好似挖地开镰，
像马车犁铧无情地撕裂地面；

"他们像身负沉重挽具的牛马，
铁蹄会无情地将你碾碎轧烂……
希波吕忒，哦，小妹妹！转过脸，
我的一切、一半，我的灵魂、心肝，

"转过你密布蔚蓝星辰的碧眼！
你温情一瞥，便神膏般缠绵，
我要撩开更隐秘欢娱的帷幔，
让你沉睡于绵绵无尽的梦幻！"

可希波吕忒仰起稚嫩的脸：
"我并非绝情，亦绝无悔怨，
我的黛尔芬，我痛苦难安，
有如亲历了一次恐怖夜宴。

"我感觉沉重的恐惧蜂拥而来，
还有黑压压的一片阴魂扑面，
它们想把我引导上失足之路，

可血腥的天际却把关隘阻断。

“难道我们做了丑事一件？
不然我为何会恐惧慌乱：
你一声‘天使！’我就惧颤，
可芳唇仍贴向你的嘴边？

“别这样看我，你呵，我的思念！
天赐的姐姐，我对你情爱无限，
你设下圈套我也肯钻，
即便堕落也心甘情愿！”

黛尔芬晃动她悲凉的浓发
如坐三脚铁座，双足震颤[①]，
她的目光逼人，口气专断：
——“爱情前侈谈地狱，胆大包天！

“最可恨异想天开的梦幻，
越棘手难缠的困难，
越妄想能最先了断，
爱情与贞操，焉能混谈！

① 三脚铁座（trépied），古希腊风俗，每年在希腊德尔斐（Delphes）的阿波罗神庙举办阿波罗节，由女祭司坐在三脚铁座上向求神者宣读阿波罗的神谕。

“谁想用一种神秘的和弦
一统热烈阴暗、黑夜白天，
被称为爱情的红日
难将瘫痪之躯温暖！

“去吧，想嫁就嫁个未婚蠢蛋；
将处子之心向无情之吻奉献；
你会面无血色，满腹悔怨，
只带回双乳上累累的创瘢……

“在世上只能讨一个主子喜欢！”
可少女却流露出无穷的愁怨，
突然高喊：“我感到无底深渊
在我体内蔓延；我心即深渊！

“如火山爆发，似虚无渺远！
无法使呻吟的恶魔意足心满，
欧墨尼德斯的干渴欲壑难填[①]，
她手中火炬正将我热血点燃。

① 欧墨尼德斯（Euménides），希腊神话中复仇三女神的统称，又称厄里倪厄斯（Erynnyes）。

“愿紧闭的帷幔能将世界隔断，
愿厌倦能够为我们带来安眠！
我愿在你的酥胸上化为乌有，
在你双乳间寻觅坟墓的清甜！”

——沉沦吧，沉沦，可悲的祭奠，
万劫不复的地狱，长路漫漫！
快沉入底层的深渊，在那儿，
阴风鞭打着罪孽，绝非来自上天，

罪孽在沸腾，夹杂着风雨雷电。
疯狂的幽灵，正奔向极乐终点；
难抑的狂热，使你们无力掌管，
无节制狂欢，终招致惩罚灾难。

洞穴永不会照进明澈的阳光；
热浊的瘴气会沿着墙缝蔓延，
它燃烧着，就犹如鬼火盏盏，
可怖的腐香沁入你肺腑心肝。

你们只热衷于不育的寻欢，
焦渴的肌肤定将失水枯干，
淫欲的狂风，会把你们的

血肉像破旗一般撕得稀烂。

该死的游荡女，快远离人烟，
像野狼般在莽莽荒原上奔窜；
放荡游魂，命运靠自己把握，
快快逃离，有道是苦海无边！

4　忘川[①]

残忍无情之魂，请紧靠我胸膛，
你这冷漠怪兽，心爱的虎女郎；
我颤抖的十指，愿久久
埋入你浓密的秀发中央；

你衬裙下弥散着芬芳，
我想把发痛的头匿藏，
再如枯萎的花朵一样，
嗅嗅往日爱情的浊香。

我真想睡！超过生之欲望！
死一般沉睡在甜美的梦乡，
把无怨无悔的吻，印遍你
古铜色光滑而秀美的身上。

为吞下刚刚平复的抽噎，

① 本诗首次发表于1857年第一版《恶之花》，系咏唱让娜·迪瓦尔之作。忘川（Léthé），参看《恶之花》第60首《弗朗索瓦兹之颂》注释。

万物不及你深渊的花床；

你朱唇上栖着强大遗忘，

忘川在你的亲吻中流淌。

我认命，从此便乐天安详，

有如灵魂终获得救赎解放；

驯顺的祭品，无辜的囚徒，

热狂会将他痛苦之火拨旺，

为消除积怨，我啜饮

忘忧露和毒芹的琼浆[①]，

你尖挺迷人的乳晕上，

从不禁锢心灵的向往。

---

① 忘忧露（népenthès），荷马史诗中可消除忧愁和怒气的灵药。毒芹（ciguë），一种毒药。

5　致一位过于快乐的女郎[①]

容貌、举止、神气
尽显你的诗情画意；
笑靥在你面颊嬉戏，
似蓝天上清风拂煦。

愁苦之人巧遇上你，
会痴迷于你的美体，
面前顿觉光艳四射，
发自你的香肩玉臂。

那色彩的奔溢韵律，
令服饰愈流彩绚丽，
如百花飘飞的舞剧，
荡漾在诗人的心底。

① 本诗首次发表于1857年第一版《恶之花》，系咏唱萨巴蒂埃夫人之作，原标题为《致一位过于快乐的女人》(*A une femme trop gaie*)。1852年12月9日，波德莱尔将这首诗匿名寄给萨巴蒂埃夫人。

长裙飘逸，象征你
飘忽、波动的思绪；
你的疯狂令我神迷，
我对你，爱恨交集！

有时在美丽的花园，
我拖着乏力的肢体，
感到烈日撕裂我心，
似乎对我无礼相讥；

阳春三月芳草萋萋，
竟然令我伤心至极，
我就作践鲜花一朵，
惩戒大自然的无礼。

我更想在某天夜里，
当欲望的钟声响起，
像一个卑鄙的懦夫，
悄声爬上你的玉体，

去蹂躏你仁慈的双乳，
去报复你娇纵的肉体，
还在你腰腹颤栗之际，

留下一道深长的创痍，

呵，那可真销魂无比！
新樱唇会更娇媚欲滴，
我的姐妹，再从那里
向你倾注进我的毒剂[①]！

① 毒剂（venin），1857年8月20日，法国第六轻罪法庭审理《恶之花》案时，检察官将“venin”一词解释为“梅毒”，诗人坚决否认，声称该词意指“忧郁”。

6 首饰①

爱人知我心意，裸露玉体，
仅戴清脆首饰，鸣鸾佩玉，
饰物骄人，让她面露得意，
一如节日里摩尔人的奴婢②。

珮饰飞扬，莺歌燕语，
世界烁动起珠光宝气，
我心迷醉，心旷神怡，
声光一体，令我痴迷。

她玉体横陈，任我亲昵，
在沙发高处她舒畅惬意，
我深沉的爱抚柔似潮汐，
爱欲澎湃，如浪击峭壁。

---

① 本诗首次发表于 1857 年第一版《恶之花》，系咏唱让娜·迪瓦尔之作。

② 摩尔人（les Mores），居住在北非和西非地区的柏柏尔人、阿拉伯人和黑人混血的后裔。中世纪时，摩尔人是西班牙人和葡萄牙人对北非穆斯林的贬称，自 19 世纪末法国入侵并统治西部非洲之后，摩尔人则专指生活在撒哈拉沙漠西部地区的居民。

她凝视着我似服帖的虎女，
梦般变换体位，眼神迷离，
仿佛天真与淫荡结为一体，
为她销魂的变化更添魅力；

大腿，小腿，腰肢，手臂，
天鹅般起伏，凝脂般细腻，
在我澄澈慧眼前亭亭玉立；
脐和乳似葡萄珠铺天盖地，

远比堕落天使更浓情蜜意，
我的灵魂正端坐水晶岩壁，
她惊扰我魂不得休憩，在
那栖息圣地，它安详孤寂。

我似在欣赏一幅新的写意，
美女楚腰与白嫩酥胸连体①，
腰身勾勒出那肥臀的丰腴，
古铜色的面颊上粉黛细腻！

① 美女，原文指希腊神话中的美女安提俄珀（Antiope）。安提俄珀是河神阿索波斯（Asopus）的女儿，大神宙斯（Zeus）见其美貌，幻化为半人半羊的森林神萨提尔（Satyr）与其交合，生下安菲翁（Amphion）与西苏斯（Zethus）一对双胞胎。

——当残烛顺从地死去，
只剩炉膛之火摇曳四壁，
炉火每迸起闪光的叹息，
琥珀色肌肤若血渍淋漓！

7　吸血鬼的变形[①]

这女人扭着，似炭上的蛇一样，
她隔着胸衣的铁撑捏揉着乳房，
她草莓色的口中喷吐莲花，
漱玉般的话语似浸透麝香：
——“我呵，樱唇润爽，床笫间
让人丢弃过时的信仰易如反掌。
在我高耸的双乳上能烘干泪水，
可令白发翁像黄牙孺子般欢畅。
只要见我一丝不挂，赤裸精光，
我就替代了月亮太阳星辰穹苍！
亲爱的学者呵，我可床艺高强，
每当我任男人们啮咬我的躯体，
或者让他窒息于我可怕的臂膀，
他便脆弱复雄壮，羞怯更放浪，
只要在我这肉垫子上蝶浪蜂狂，
阳痿的天使便也情愿蹈火赴汤！”

① 本诗作于1852年，现存手稿一份，原标题为《淫乐皮囊》(*L'Outre de la Volupté*)，首次发表于1857年第一版《恶之花》。

当她将我的骨髓统统吸光，
我委顿迷惘，把头转向她
想回赠一个香吻，却只见
一具两胁流脓挂浆的皮囊！
我吓得闭上眼，周身冰凉，
睁眼时却只见刺目的炫光，
佳人的身影早已不在身旁，
原本想这肉体已饱饮血浆，
谁知竟然化为骷髅，颤抖
筛糠，还发出嘶嘶的叫嚷，
就好似铁杆上的风标酒旗
在冬夜的朔风中瑟瑟鸣响。

风雅篇

8　喷泉[①]

可怜爱人你美目已倦！
好好养神，别睁开眼，
听凭姿态的随意淡然，
愉悦已令你惊喜无限。
庭院中，喧闹的喷泉
白昼和夜晚涓流不断，
今晚的我已沉醉爱河，
请为我珍藏这份缱绻。

　　喷泉四溅，
　　　　似百花吐艳，
　　月神欣然[②]，
　　　　泼洒着绚烂，
　　泪花涟涟，
　　　　如细雨飘散。

① 本诗约作于1853年，首次发表于1865年7月8日《小评论》，再发表于1866年3月31日《当代帕纳斯派》。

② 月神菲碧（Phoebé），希腊神话中月亮女神阿尔忒弥斯（Artemis）的别名。

你灵魂似激情的闪电，
燃起快感升腾的烈焰，
扶摇九霄，迅疾大胆，
直上广袤欣悦的苍天。
继而昏聩无思地飘落，
化为涓流，憔悴愁惨，
沿着隐秘莫测的斜面，
直淌进我深深的心坎。

　　喷泉四溅，
　　　　似百花吐艳，
　　月神欣然，
　　　　泼洒着绚烂，
　　泪花涟涟，
　　　　如细雨飘散。

你呵，夜色令你惊艳，
依偎你怀中如此甘甜，
一同倾听水滴的长叹，
声声呜咽，无尽哀怨！
感恩之夜，清月鸣泉，
树影婆娑，四寂寥然，

夜色中清纯的惆怅呵，
仿佛是我爱情的宝鉴。

喷泉四溅，
　　似百花吐艳，
月神欣然，
　　泼洒着绚烂，
泪花涟涟，
　　如细雨飘散。

9 贝尔塔的眼睛①

您尽可无视名姬的顾盼流光，
可这姑娘的美目竟如此漂亮，
夜一般的温柔善良难以抵挡！
美目，迷人黑雾请向我流淌！

心爱的奥秘在大眼睛中深藏，
酷似深邃岩洞发出魔幻光芒，
恰如黑黝黝沉睡的黑影后面，
飘忽闪烁着不为人知的宝藏！

这姑娘忧郁的双眸深邃宽广，

---

① 本诗的落款为“1864 年于布鲁塞尔”，首次发表于 1864 年 3 月 1 日《新评论》。贝尔塔（Berthe），女子名，生平不详。波德莱尔曾为她画过三幅素描，在其中一幅侧面剪影的两旁，波德莱尔写有题记，左面写道：“晚餐时，我透过敞开的窗子凝视天上的浮云，她对我说，你这云彩贩子，还不快把汤喝了！”右面写道：“献给可怕的小疯子，来自一个大疯子的回忆。他想收养一个姑娘，却既未琢磨过贝尔塔的性格，也未研究过领养方面的法律。1864 年于布鲁塞尔。”研究者经考证，发现让娜·迪瓦尔年轻时曾以贝尔塔为艺名在圣安东尼门剧场演戏，据此认为该诗应作于 1843 年，最初是波德莱尔咏唱让娜·迪瓦尔之作，20 年后又将该诗献给了贝尔塔。

无垠的夜，就像你同样明亮！
微光乃情思之火，饱含信仰，
深处闪动着愉悦或贞洁之光。

10 赞歌[①]

我的至爱，绝美靓丽，
她的光明充溢我心底，
我的天使，不朽偶像，
我要献给她无尽敬意！

她早已融入我的生命，
犹如弥漫的咸湿空气，
又向我饥渴的灵魂中
倾注永存不朽的情趣。

她是清新隽永的香囊，
清香熏陶心仪的蜗居，
有如香炉被遗忘一隅，
静夜里默默弥散香气，

我的真爱不朽，何当

① 本诗首次发表于1857年11月15日《现时》，系咏唱萨巴蒂埃夫人之作。1854年5月8日，波德莱尔将这首诗匿名寄送给萨巴蒂埃夫人。

率真地向你倾诉心曲？
来生之渊有心香一瓣，
为你保存无形的香粒！

我的至宝，绝美靓丽，
她恩赐给我健康欢愉，
我的天使，不朽偶像，
我要献给她无尽敬意！

11　面孔的允诺[①]

苍白美人呵，我爱你低眉模样，
　　仿佛有黑夜流淌；
你虽然眸黑如墨，却仍激发我
　　绝不阴郁的遐想。

一对秋波与柔顺、蓬松的乌发，
　　搭配得和谐无双，
慵懒的双眸对我讲："只要你想，
　　理想缪斯的情郎，

"追寻被我们激发起来的希望，
　　实现允诺的向往，
你可从肚脐直到屁股验证实况，
　　全让你了若指掌；

"沉甸甸美乳顶端，你会发现

① 本诗的手稿未标明日期，首次发表于 1866 年《吟余集》。

　　两枚硕大的铜章，
茶色的平滑小腹似僧侣的肌肤，
　　天鹅绒一样柔爽，

“茂密的茸毛，与浓密的秀发
　　好似亲姐妹一样，
柔软而卷曲，细密如夜色苍茫，
　　黑夜中不见星光！”

12 怪物[①]

——或骷髅美女的傧相

一

爱人，你绝非沃尤[②]
所称呼的小家碧玉。
你像一口旧锅煮着
赌博、欢宴和爱欲！
爱人，你不再清丽，

我的老闺女！可是你
仍旧疯狂得不可理喻，
过时的玩意儿，让你
仍然能乐此不疲，对
你依旧有诱惑的魅力。

① 本诗首次发表于1866年《吟余集》。据《恶之花》的出版商、波德莱尔的朋友布莱-玛拉西称，这首诗属于波德莱尔“晚期的作品”，与其散文诗《巴黎的忧郁》第39篇《纯种马》(*Un Cheval de race*)内容相近。

② 沃尤（Louis Veuillot，1813—1883），法国记者、作家，以道德说教和尖刻著称。

我不觉得你贫乏无趣，
四十年华你活力充溢；
我爱金秋的果实累累，
远胜繁花翘首的春季！
不，你从不贫乏无趣！

你的腰肢饶有情趣，
有异样的风韵别具；
从两侧锁骨的深窝，
我觅得了奇特刺激；
你的腰肢饶有情趣！

爱甜瓜倭瓜的可笑情郎，
让他们统统地滚到一旁！
我偏爱你的秘诀，胜过
那魔法无边的所罗门王①，
我怜悯这些可笑的情郎！

你的秀发像蓝盔一样，

① 所罗门王的秘诀，指17世纪初在法国出现的一部恶魔学文献《所罗门王的小秘诀》(*Les clavicules du roi Salomon*)，书中记载了所罗门王召唤地狱七十二恶魔的方法，也记载了一些关于医学、星相学方面的知识。

将你好战的前额遮挡，
很少羞愧，很少思想，
随后逃遁得踪影渺茫，
如同蓝盔的长鬣一样。

你双眸似污泥一般，
仿佛信号灯在忽闪，
脂粉为你脸庞增艳，
投射出地狱的闪电！
你双眸污泥般黑暗！

你苦涩芳唇挑逗我们，
显露出了淫荡与轻慢；
这芳唇就俨然伊甸园①，
令人刺激，却又迷恋。
何等淫荡！何等轻慢！

你的玉腿结实枯干，
最善攀登火山峰巅，
任风雪灾难，仍将

① 伊甸园（Eden），《圣经》中的乐园。据《旧约·创世记》，亚当和夏娃居住在伊甸园里，因禁不住蛇的诱惑偷尝禁果，被上帝赶出乐园。

激情的康康舞奉献[1]。
你的玉腿结实枯干；

灼人皮肤失去甘甜，
就如同丘八的老脸，
再也不会泪流双眼，
更不知晓何为冒汗。
（可皮肤另有甘甜！）

二

傻妞，你径奔魔鬼而去！
那我也情愿奉陪到底，
只要你速度不太迅疾，
别引发我的某种恐惧。
独自走吧，奔魔鬼而去！

我的腰腹，我的腿脚
都不容我再循规蹈矩
向魔鬼大人鞠躬敬礼。
我腰腹和腿脚都在说：
“唉！我们真痛心惋惜！”

---

① 康康舞（cancan），自19世纪起在巴黎流行的一种艳舞。

哦！我真是深感痛惜，
错失巫魔夜宴的良机[①]，
他放屁迸出硫磺之际，
我看你怎施吻腚大礼！
哦！我真是深感痛惜！

不能化为你的烛台，
我又是万般的悲戚，
还要恳请同你别离，
地狱之火！亲爱的，
你说我该何等悲戚，

既然长久以来我就爱你，
看来这合乎逻辑！若你
希望从恶之中寻觅真谛，
爱完美怪物便无可非议，
的确！老怪物，我爱你！

---

① 巫魔夜宴（sabbat），参看 1861 年版《恶之花》第 6 首《灯塔》注释。

13　弗朗索瓦兹之颂

——为一位博学而虔诚的女制帽商而作

（略，见1861年版《恶之花》第60首）

题辞篇

14　题奥诺雷·杜米埃的肖像[①]

请一同来欣赏这幅肖像，
它构思精妙，技艺无双，
是他教导我们如何自嘲，
看官，这是位智慧巨匠。

这讽刺诗人和诙谐之王，
他在以超群绝伦的能量，
曝光邪恶及其狐朋狗党，
足证他的心灵灿若朝阳。

他的笑与复仇女神火炬下
梅莫特或靡菲斯特的鬼脸[②]

---

① 本诗作于1865年，是波德莱尔为他的朋友、法国作家和艺术评论家尚弗勒里（Champfleury，1820—1889）《现代漫画史》（*Histoire de la caricature moderne*）一书中奥诺雷·杜米埃的画像而作，1865年11月在该书中首次发表。奥诺雷·杜米耶（Honoré Daumier，1808—1879），法国著名画家、雕刻家，擅长讽刺漫画、石印画及雕塑，其讽刺画驰名全欧。

② 原文为阿勒克图（Alecto），希腊神话中的复仇三女神之一。梅莫特（Melmoth），爱尔兰作家马图林神甫（Charles Maturin，1782—1824）的魔幻小说《漫游者梅莫特》（*Melmoth, The Wanderer*）中的主人公。靡菲斯特（Méphisto），中世纪日耳曼传说及歌德诗剧《浮士德》中的魔鬼。

截然两样，火炬可以炙烤
魔王，却令我们冷若寒霜。

唉！魔鬼的笑谑，无非是
痛苦的荷载，而他的嘲讽
却充满宽宏、坦荡、阳光，
那是他充满仁爱心的征象。

15 巴伦西亚的罗拉[①]

美女如云的队伍，四顾皆为娇娘，
朋友，我知道你们缘何心旌摇荡；
请看巴伦西亚的罗拉身上，她那
黑红两色的珠宝迸射出惊艳光芒。

① 本诗作于1862年，现存手稿一份，首次发表于《吟余集》，系波德莱尔为马奈的油画《巴伦西亚的罗拉》(*Lola de Valence*）而作。1863年10月，《巴伦西亚的罗拉》在马蒂奈画廊展出时，一张夹在油画底框的小卡片上写着波德莱尔的这首诗。巴伦西亚是西班牙东部的一座港口城市。罗拉（Lola Melea）是当时西班牙著名的舞蹈明星，以“巴伦西亚的罗拉”著称，她在1862年应邀到巴黎演出时，马奈为她画了这幅肖像，现存巴黎卢浮宫博物馆。

16 题欧仁·德拉克洛瓦《狱中的塔索》①

病恹诗人陷囹圄，衣衫褴褛，
痉挛的脚旁，诗稿散落狼藉，
他目光中燃烧着恐惧，打量
令人眩晕、吞噬灵魂的石梯。

充满迷醉的嗤笑回荡在监狱，
他的神志被诱导得荒诞怪异；
他“怀疑”缠身，四周弥漫
可笑丑恶而千奇百怪的恐惧。

这天才被囚禁于龌龊的牢狱，
鬼脸、尖叫，还有幢幢鬼蜮
似群蜂般在他耳后盘旋聚集，

---

① 本诗作于1844年2月，手稿上署名“波德莱尔-迪法伊斯”（Baudelaire-Dufaÿs），首次发表于1864年3月1日《新评论》，系波德莱尔为法国画家德拉克洛瓦的油画《疯人院中的塔索》（*Torquato Tasso dans l'Asile de Fous*）而作。塔索（Le Tasse，1544—1595），意大利著名诗人，文艺复兴运动晚期的代表，其最重要的作品——长篇叙事诗《被解放的耶路撒冷》（*Jérusalem Délivrée*）于1579年问世后，遭到教会的激烈攻讦，塔索被迫向宗教裁判所忏悔，后精神失常，被囚于疯人院长达7年之久。

恐怖铁窗惊醒梦幻者的呓语，

梦魇的灵魂，此乃尔之寓意，

四壁高墙中，现实已被窒息！

杂诗篇

17　声音[①]

我摇篮后的书橱似通天塔般幽暗[②]，
小说、科学和寓言故事一应俱全，
拉丁灰烬混合古希腊的尘埃漫漫。
而我的身高却只有对开本般长短。
两个声音在耳畔。一个坚定阴险，
说："世界像块蛋糕，硕大甘甜；
我会给你个同样大的胃口，
（那时你一定会快乐无边！）"
另一个："哦来吧！来梦境游玩，
超越一切可能，跨过已知的极限！"
前一个展开歌喉，如风卷沙滩，
又似幽灵啼叫，不知来自谁边，
声音悠扬悦耳，却又令人胆颤。
我回答说："好吧！你音色甘甜！"
哎！我从此伤痕累累，厄运不断。

---

① 本诗首次发表于1861年2月28日《当代评论》，再发表于1862年3月1日《艺术家》和1866年3月31日《当代帕纳斯派》。

② 通天塔（Babel），参看1861年版《恶之花》第102首《巴黎梦》注释。

从人生无垠的舞台背后，
延伸到深不可测的深渊，
我分明发现了世间怪诞，
可真知灼见害得我变成了祭品，
似拖着蛇，蛇却咬住我的鞋尖。
自此，我俨然先知一般，
挚爱上大海与戈壁荒滩；
我悲中含笑，节日里热泪涟涟，
从最酸涩的苦酒中品味出甘甜；
我又往往将事实当作谎言，
常落陷阱，只因一味望天。
那声音却常慰我心："且留梦幻；
智者之梦哪像疯癫梦境色彩斑斓！"

18 意料之外[①]

阿巴贡守在临终老父的身边[②]，
望着那失血的双唇犹自盘算：
“阁楼上还存放着几块旧板，
　　似可将就着凑个薄棺？”

色丽曼娜自语：“我心向善[③]，
上天赐我美艳那是理所当然。”
——她心善！早干得似熏火腿一般，
　　再炙烤于无尽的烈焰！

① 本诗首次发表于 1863 年 1 月 25 日《林荫大道》。在 1866 年《吟余集》中，出版者曾对本诗有如下注释：“在这首诗中，《恶之花》的作者转向了天国的永生。这理所当然。但请注意，如同所有新皈依者一样，他表达得极其严肃，极其狂热。”该诗在首次发表时，副标题为“致我的朋友 J · 巴尔贝 · 多尔维利”（*A mon ami J. Barbey d'Aurevilly*）。巴尔贝 · 多尔维利在其为《恶之花》撰写的辩护文章中有一句名言：“《恶之花》出版后，那位令罪恶之花绽放的诗人只有两条出路：要么对着自己的脑袋开上一枪……要么就做个基督徒！”波德莱尔通过《意料之外》一诗，对热情的巴尔贝 · 多尔维利的期望作出了一定的回应。——原注。

② 阿巴贡（Harpagon），法国剧作家莫里哀（Molière，1622—1673）在喜剧《悭吝人》（*L'Avare*）中创造的典型的守财奴形象。

③ 色丽曼娜（Célimène），莫里哀喜剧《恨世者》（*Le Misanthrope*）中的人物，是一个专好诽谤别人的风骚寡妇。

言辞晦涩的报人自诩明灯一盏，
向被愚弄的穷人大言不惭：
“那美的缔造者，你赞颂的骑士，
　　你们究竟在何处得见？”

有个登徒子，我了解得更全面，
他志大才疏，整日价哈欠连天，
流泪，哀叹，信誓旦旦：“我
　　要积德，一小时后兑现！”

轮到时钟低语：“他醉了，这坏蛋！
早警告过这行尸走肉，不见改观。
这个人，软弱、耳聋、瞎眼，像
　　白蚁寄生和啮啃的断壁残垣！”

世人不共戴天之人尔后显现，
他嘲讽傲慢：“在我圣体盒中，
有黑弥撒欢乐无边，我相信①，
　　你们已领到足够的圣餐？

“各位的心中都为我建造了神殿；

① 黑弥撒（la Messe noire），指撒旦的信徒在举行撒旦崇拜活动时用动物或人献祭以鼓励魔鬼的一种仪式。16—17 世纪时，巴黎曾是黑弥撒活动的中心。

还曾偷偷地吻过我邪恶的屁眼！
快从我得意的奸笑中认出撒旦，
　　我，丑陋硕大，铺地盖天！

“吃惊的伪君子，你们真信
既嘲弄主子，又偷滑耍奸，
还能把两种奖赏同时占全：
　　灵魂升天又腰缠万贯？

“猎物理应向老猎手进献，
他守株待兔已苦熬多年。
我会带领你们穿越浓雾，
　　我悲喜交加的伙伴，

“要穿越厚重的地幔和层岩，
趟过你们凌乱不堪的坟圈，
走进为我量身定制的宫殿，
　　那完整巨石绝不松软；

“因为它是用天下的罪孽构建，
熔铸我的痛苦、荣耀和尊严！”
——此刻，天使在宇宙峰巅
　　为众生奏响胜利的凯旋，

众人心中祷念：“天主呵，祝福您的
皮鞭！圣父，我们为痛苦向您颂赞！
我的灵魂在您手中并非无用玩意儿，
　　您大慈大悲，法力无边。”

在天国丰收的盛大夜晚，
天使的号角声如此甘甜，
愿号角的高歌礼赞，将
　　狂喜沁入众人心田。

19　代价[①]

人为了支付一己赎金，
须耕耘两块肥沃田地，
他不仅需要深耕细作，
还须使用理性的耙犁；

为了能采撷琼花一朵，
为了能收获谷穗几许；
灰白两鬓咸湿的泪滴
要不停浇灌两块田地。

一块艺之田，一块爱之地。
——面对严厉的司法，
在可怕日子莅临之际，
为使法官慈悲，审判顺利，

要向他炫耀五谷满仓，

① 本诗作于1852年，首次发表于1857年11月15日《现时》。

要向他展示鲜花遍地，

缤纷花朵，斗艳争奇，

定会博得天使们赞许。

20 致一位马拉巴尔姑娘[①]

你双足如纤手般细腻绵软，
肥臀也令绝色白美人歆羡；
诗人沉思，见你腰肢妙曼；
丝绒般大眼盖过黑肤光艳。
天生你才的国土炎热蔚蓝，
你的活计就是为主人点烟，
在净瓶中灌满清冽的泉水，
再将床边的蚊蝇远远驱赶，
清晨来临，唤醒梧桐高歌，
你去集市将香蕉菠萝采办。
你赤脚恣意来去了无挂念，
无名的老歌整天挂在嘴边；
夜幕身披猩红袍降临大地，
凉席上你轻轻将倦体舒展，

---

① 本诗首次发表于 1846 年 12 月 13 日《艺术家》，原标题为《致一位印度女郎》（*A une Indienne*），署名“皮埃尔·德·法伊斯”（Pierre de Fayis），是波德莱尔 1841 年游历毛里求斯岛时，为德·布拉加尔夫人的奶母的女儿、一个名叫多罗泰（Dorothée）的印度裔使女而作。马拉巴尔（Malabar），指位于印度西南一带的海岸，盛产香料。

飞扬梦境中仍有蜂鸟翩跹，
永远都像你一样甜美娇艳。
好姑娘，法兰西有何迷恋？
那里人满为患，痛苦弥漫，
为何把生命托付强壮水手，
真想与心爱的罗望子再见①？
你呵，在那边若身着薄衫，
冰雪严寒中你会瑟瑟抖颤，
痛失那温暖而率真的悠闲，
若粗布裹住你秀美的身段，
只有出卖迷人的异域芳馨，
在污泥陋巷挣得一顿晚餐，
迷茫双眼只能在风中追寻
消逝的椰树那摇曳的梦幻！

① 罗望子（tamarin），参看1861年版《恶之花》第22首《异域之香》注释。

诙谐篇

21　为阿米娜·波切蒂的首演而作①

——布鲁塞尔皇家银币歌剧院

阿米娜腾挪旋转，笑容灿烂；
鬼佬说："这对我如天书再现②；
我倒是略知林间女仙
常出没野菜山路一线③。"

从细腻的脚尖到含笑的双眼，
阿米娜才情喷溅，如梦如幻；
鬼佬说："得了，啥卖俏手腕！
我老婆的举止才不如此轻贱。"

孤高轻盈的精灵，您岂能

---

① 本诗首次发表于1864年10月1日《巴黎生活》，再发表于1865年5月13日《小评论》。阿米娜·波切蒂（Amina Boschetti，1836—1881），意大利著名芭蕾舞演员，曾于1864年在布鲁塞尔皇家银币歌剧院（Théâtre Royal de la Monnaie）演出。

② 鬼佬，原文为Welche，系德裔对法国人、意大利人的蔑称。天书，原文为prâcrit，即普拉克利特语，是起源于梵文或与梵文同时发展的一种古代印度语或印度方言。

③ 野菜山路（Rue de Montagne-aux-Herbes-Potagères），是比利时布鲁塞尔的一条名字，此地常有风情女子出没。

教大象学华尔兹舞步回旋，
教鹳鸟咧嘴，教鸱枭狂欢，

优雅舞姿面前，鬼佬却高呼“救俺！”，
宽厚的巴库斯将勃艮第为他斟满，
这怪物却说：“法罗啤酒我更喜欢①！”

---

① 巴库斯（Bacchus），参看1861年版《恶之花》第111首《孽妇》注释。勃艮第（bourgogne），法国勃艮第产的一种著名葡萄酒。法罗（faro），比利时布鲁塞尔产的一种啤酒。

22　讨厌鬼[①]

——献给欧仁·弗洛芒坦，讨厌鬼自称其友

他说他自己腰缠万贯，
却又很惧怕霍乱；
——虽说很吝啬盘算，
却舍得看戏花钱；

——他说结识柯罗之前，
他早就酷爱自然；
——又说他尚无车辇，
不过愿望会很快兑现；

——他说他爱好石材石砖，

① 本诗首次发表于1866年《吟余集》，手稿上有一段话写道："弗洛芒坦先生：这是一首关于讨厌鬼的诗，此人自称认识弗洛芒坦，认识多比尼，认识弗拉豪特，认识哈比尼斯，认识柯罗，认识所有的人，而且，我虽然从未见过此人，他居然能在布鲁塞尔的环球旅馆把我缠上三个半小时听他扯淡。"弗洛芒坦（Eugène Fromentin，1820—1876），法国画家、作家，波德莱尔的朋友。多比尼（Charles-François Daubigny，1817—1878），法国画家。弗拉豪特（Auguste Charles Joseph de Flahaut de La Billarderie，1785—1870），法国将军、国务活动家。哈比尼斯（Henri-Joseph Harpignies，1819—1916），法国画家。柯罗（Jean-Baptiste Camille Corot，1796—1875），法国风景画家。

对黑金两色木饰同样喜欢；
——又说在自家工场里边
有三个受勋工头精明能干；

——他说其他的忽略不算，仅
在“北方铁道”就有两万股权；
——还说仅花了点区区小钱，
就淘到奥本诺德的画框原版①；

——他说自己总泡在旧货店，
（但愿没有吕萨那么遥远②！）
又说他对收藏独具慧眼，
曾在主教市场屡试不鲜③；

——他说他对老婆薄情寡淡，
对他的老娘也敬重有限；
——却又相信灵魂不死，
曾拜读过妮珀叶的长篇④！

---

① 奥本诺德（Alexandre-Jean Oppenordt，1639—1715），荷兰裔法国著名细木工匠。

② 吕萨（Luzarches），法国地名，位于巴黎西北方法兰西岛大区的瓦勒德瓦兹省（Val-d'Oise）。

③ 主教市场（Marché des Patriarches），巴黎的艺术品市场。

④ 妮珀叶（Eugénie Mouchon Niboyet，1799—1883），法国女权主义作家，出版过多部训诫类小说。

——他说他耽于肉欲之欢，
又说在罗马无聊的几天，
就有个得了肺痨的女人
死于对他的爱恋。

听这图尔奈饶舌客胡扯淡[①]，
浪费了我三个半小时时间，
他胡侃他一生波澜；
我却听得头痛厌烦。

要说我之痛苦，
那真没了没完；
我强抑愤懑，心里说：
“好歹给我个打盹的时间！”

我在那儿如坐针毡，
想脱身又有碍颜面，
屁股在椅子上挪蹭，
真想用椅子腿把他捅穿。

① 图尔奈（Tournai），比利时中部的一座旅游城市。

此君大名巴斯托尼；
饶他这回逃此大难。
可我真想狂奔加斯科尼[①]，
或一头扎进滔滔海湾，

若我们都回巴黎，
就怕他胆小不还，
再遇上图尔奈这厮，
那我可跟他没完。

1865 年，布鲁塞尔

① 加斯科尼（Gascogne），法国西南部旧省名，濒临法国和西班牙之间的比斯开湾（golf de Biscaye）。

23　俏皮的小酒馆[①]

——布鲁塞尔至乌克勒途中

您对嶙峋白骨痴迷留恋，
对丑恶的象征由衷赞叹，
那再来点调料增强快感，
（哪怕简单的火腿煎蛋！）

哦，年迈的法老蒙斯莱[②]！
您的身影在我梦中凸现，
只缘小酒馆招牌太扎眼，
它的名字叫作：望墓园！

① 本诗首次发表于1866年3月11日《费加罗报》。《吟余集》的出版者对本诗有如下注释："这首诗的诙谐意味显而易见，众所周知，是对蒙斯莱先生的微讽，因为他自诩酷爱玫瑰与快乐……"——原注。蒙斯莱（Charles Monselet，1825—1888）法国作家，曾对波德莱尔描写丑恶和歌颂死亡颇有微词。乌克勒（Uccle），比利时地名，是布鲁塞尔首都地区的十九个城镇之一。

② 法老（Pharaon），古埃及国王的称号。

卷三 《恶之花》增补诗[①]

（1868 年第三版）

① 《恶之花》第三版系波德莱尔去世后的第二年（1868 年）出版，由波德莱尔的朋友阿塞利诺和邦维尔主编，戈蒂耶为之作序。除了《致泰奥多尔·德·邦维尔》一诗外，其他诗作均曾公开发表过。

1　为一部禁书的题辞[①]

喜爱田园诗的平和看官，
儒雅的君子你质朴良善，
请抛开这部伤感的诗集，
里面充斥着忧郁和狂欢。

你若未师从奸诈的撒旦，
也尚未学会修辞和诡辩，
那抛开它吧！你看不懂，
还会以为我有癔病疾患。

但，你若能够抗御诱惑，
善于用双眼去洞察深渊，
那就读吧，并试着将我喜欢；

去寻访天堂的乐园，你
好奇的灵魂会备受熬煎，
怜悯我！……不然咒你万年！

---

① 本诗首次发表于1861年9月15日《欧洲评论》，最初拟作为1861年第二版《恶之花》的序诗，后因故取消。

2 致泰奥多尔·德·邦维尔（1842年）[①]

你竟有如此的神力，抓住
女神鬃毛般的发髻，看你
无心的优雅和掌控的神气，
就仿佛是浪子在虐待情侣。

早熟的火花在你明眸洋溢，
你如建筑大师般飞扬傲气，
新奇的结构，大胆的断句，
令你成熟的魅力一览无余。

诗人，热血从血脉中流逸；
仙驼的长袍，是否无意间
将条条血脉化为阴郁小溪[②]？

---

① 本诗作于1842年，首次发表于1868年第三版《恶之花》。泰奥多尔·德·邦维尔（Théodore de Banville，1823—1891），法国帕纳斯派著名诗人，波德莱尔的好友。

② 仙驼（Centaure），希腊神话中半人半马的怪物，是贴撒里（Thessaly）国王伊克西翁（Ixion）与乌云的儿子。据希腊神话，仙驼在背着赫拉克勒斯的女友、美少女黛阿涅拉（Deianeira）过河时，赫拉克勒斯听到黛阿涅拉的哭声，以为仙驼在调戏她，便用浸过毒蛇血的箭将仙驼射死。仙驼临死前欺骗黛阿涅拉说，他的鲜血是魔药，今后如赫拉克勒斯移情别恋，只要让他碰到自己的血便可回心转意。后来黛阿涅拉认为赫拉克勒斯有了外遇，便将浸过仙驼之血的长袍给赫拉克勒斯穿，未料到赫拉克勒斯竟被烧死。黛阿涅拉后悔不已，上吊自尽。

小力士在摇篮扼杀的毒蛇[①]

是否制成复仇的致命毒剂，

又将长袍用毒血三次漂洗？

① 小力士（le petit Hercules），指赫拉克勒斯。据希腊神话，天后赫拉嫉妒赫拉克勒斯，将两条毒蛇放在刚出生的赫拉克勒斯的摇篮里，却被小赫拉克勒斯掐死。

3 和平烟斗[①]

——仿朗费罗

一

吉谢·曼尼托，生命之主[②]，
这全能之神降临绿茵莽原，
广袤的原野上，丘陵纵贯；
他踏上红烟斗石矿的断岩[③]，
昂首屹立，伟岸而又威严，
沐浴光芒，统领万里山川。

他在此要将芸芸子民召唤，
他们似野草黄沙生息繁衍。

① 本诗首次发表于1861年2月28日《当代评论》，译自美国诗人朗费罗（Henry Wadsworth Longfellow，1807—1882）的叙事长诗《海华沙之歌》（*The Song of Hiawatha*）的第一歌。《海华沙之歌》是美国文学史上首部精心改写的印第安人史诗，其第一歌《和平烟斗》（*The Peace Pipe*）借一个传说，通过一个大神的出现，歌颂了印第安各部落人民结束连年混战、走向团结和平的伟大场景。诗中的烟斗（le calumet）系北美印第安人的一种特色长管烟斗。

② 吉谢·曼尼托（Gitche Manito），北美印第安人信奉的大神，意为“生命之主”。

③ 红烟斗石矿（la Rouge Carrière），印第安人用来制作烟斗的一种红色黏土。

他用巨手掰下一大块红岩，
做成一只烟斗，华美灿烂，
然后走到林草丰茂的河畔，
采下芦苇，做成长长烟管。

他剥下柳树皮，将烟斗填满；
这全能之神呵，力量的源泉，
立起身，将手中的和平烟斗
神灯般点燃。挺立万仞之巅，
他身罩光环，喷出一口浓烟。
那是对各部族发出伟大召唤。

和煦晨风中升起袅袅烽烟，
芬芳神圣的烟雾缭绕盘旋。
起初只是一根漆黑的烟柱；
接着变成浓密的蓝雾烟团，
最后化作白云，不断飞升
扩散，在苍穹顶化为碎片。

从落基山脉遥远的山巅[1]，

① 落基山脉（les Montagnes Rocheuses），北美洲山脉，从阿拉斯加到墨西哥，南北纵贯 4500 多公里。

到北方喧嚣的大湖湖畔①,
从泰华仙莎独秀的山谷②,
到图斯卡鲁沙馥郁林间③,
各部落都看到号令的巨大烽烟,
映着清晨红霞平静地飞升蓝天。

先知们说:“快瞧那团烽烟,
黑烟正在太阳上空飘荡弥漫,
一定是号令者的巨手在召唤!
那是吉谢·曼尼托,生命之主,
是他的声音响彻广袤草原:
听令,勇士们,我在召唤!”

从水路、陆路到平原,
暖风吹遍了八方四面,
每个部落的勇士,都
明白流云号令的呼唤,
奉命赶到红烟斗石矿,
静候生命之主的召见。

---

① 大湖(les lacs du Nord),指美国和加拿大交界处的五大湖区。
② 泰华仙莎(Tawasentha),美国纽约州吉德兰市的一处风景名胜。
③ 图斯卡鲁沙(Tuscaloosa),美国亚拉巴马州的一座城市。

勇士们列阵在绿茵草原，
全副戎装，如大敌当前，
脸上的涂饰如秋叶斑斓；
仇恨在心中蔓延，曾在
祖先们眼中燃烧的积怨
仍然喷射着仇恨的火焰。

世代族仇弥漫在他们双眼。
吉谢·曼尼托，大地之主，
凝望着他们，恻隐爱怜，
他像慈父一般痛恨战乱，
不愿心爱子民厮杀互残。
这是他对全民族的企盼。

他向子民们笔直地伸出巨掌，
用浓荫平息他们心中的烈焰，
使他们的心和褊狭天性舒缓；
他随后开言，音调凝重庄严，
声音似瀑流飞湍，溅落深潭，
空谷传音，惊心动魄般震撼：

二

“呵，可爱又可怜的子孙们！

孩子们呵，请听生命之主
将神圣的道理向你们播传！
我恩赐熊罴、海狸、驯鹿、
野牛，安置在你们的家园。

“我使你们的渔猎无忧安闲；
可猎人为什么要变成凶犯？
我使沼泽里飞禽蕃衍；可
傻孩子们，你们为何不满？
还要以邻为壑，乡邻互残？

“你们相互杀戮真令我厌倦。
祈求神助却为了以仇报冤！
涣散正是你们最大的危险，
团结才是力量源泉。你们
要和睦，兄弟般手足情暖。

“我立即将先知派遣，引领
你们去共度时艰。他的话
会令生命有如节日般绚烂①；
若不听规劝，可恨可怜的

① 先知（Prophète），指海华沙（Hiawatha），北美印第安传说中的民族领袖。

孩子们呵，尔等厄运难免！

“快去河中，洗去杀戮迷彩。
敲下块红岩，采根芦苇秆；
每人做个烟斗。告别流血，
不再争战！从此兄弟一般
亲密无间，共吸和平之烟！”

三

人们跳进河中濯尽征战迷彩，
顷刻间，所有武器抛在地面，
迷彩曾象征仇杀和冷酷好战。
每人都做个烟斗，又在河畔
采撷芦苇，巧制成长长烟管。
子孙的举止令大神颔首称赞！

心灵重归平静，人人喜笑欢颜，
吉谢·曼尼托，那位生命之主，
向着半启半阖的天庭大门飞返。
——全能之神飞越壮丽的云海，
很高兴自己的功德圆满，
他博大芬芳，伟岸灿烂！

4 异教徒的祈祷[①]

呵！熊熊之火，请勿歇息；
请温暖我心，它早已麻痹，
享乐女神，你是众灵之痛！
女神！请听我祈祷，求你[②]！

你是空气中云游的女神，
你是地心里燃烧的火炬！
请满足死寂心灵的希冀，
它奉献给你无耻的赞誉。

享乐女神，请永为我王！
并请戴上用丝绒和冰肌
为你制成的美人鱼面具[③]，

---

① 本诗首次发表于1861年9月15日《欧洲评论》。
② 原文为拉丁文：Diva! supplicem exaudî!
③ 美人鱼（sirène），参看1861年版《恶之花》第21首《美神颂歌》注释。

或在神秘而无形的酒里

向我倾洒你厚重的睡意，

享乐女神，你轻灵诡异！

5 盖子[①]

无论在哪里，海洋或陆地，
惨白的日光或流火的天气，
炫耀的巨富或乖戾的乞儿[②]，
爱神的廷臣或耶稣的徒弟[③]，

市民或农夫，流浪或定居，
无论愚笨迟钝或活力充溢，
环顾四周笼罩神秘的恐惧，
只能仰望苍天，目光战栗。

苍天！似窒息的地窖四壁，
上演喜剧的穹顶辉煌亮丽，
丑角四处穿梭，血污遍地；

---

① 本诗作于 1861 年，首次发表于 1862 年 1 月 12 日《林荫大道》。在手稿中，波德莱尔将这首诗与《冥想》(见 1868 年第三版《恶之花》增补诗第 13 首）冠以一个总标题——《孤独的漫步者》(*Le Promeneur solitaire*)。

② 巨富，原文为 Crésus，即克罗伊斯，公元前 560—公元前 546 年吕底亚王国（Lydie）的末代国王，以拥有巨额财富著称。

③ 爱神，原文为 Cythère，即西特岛，参看 1861 年版《恶之花》第 116 首《西特岛之旅》注释。此处借指维纳斯。

放荡者恐惧，疯隐士希冀；
苍天的黑色盖子下，巨鼎
烹煮人类，潜形且无涯际。

6 夜思[①]

午夜时分，钟声响起，

它在向我们发出讽喻，

又是一整天飞逝而去，

我们究竟有什么成绩：

——星期五，十三日[②]，

这个日子可不太吉利，

我们虽然知晓，行事

却仍旧与异教徒无异。

我们竟亵渎耶稣，他

是最不容置疑的神祇！

我们似巨富桌旁食客[③]，

在他可恶的门下寄居，

---

① 本诗首次发表于 1863 年 2 月 1 日《林荫大道》，原标题为《致我所有的朋友》（*A tous mes amis*）。

② 据传耶稣死于犹太寺历第一月（公历七月）的十三日或十四日，当日是星期五，而且最后的晚餐的人数也是耶稣与十二个门徒共十三人，因此西方人以十三为凶数，以星期五为不吉利的日子。

③ 巨富（Crésus），参看 1868 年第三版《恶之花》增补诗第 5 首《盖子》注释。

堪称魔王的忠诚奴隶，
可为取悦这愚蠢东西，
我们对所爱大肆攻击，
对丑恶一味腆颜吹嘘；

我们无端地恃强凌弱，
似屠夫一样奴颜婢膝；
我们欢呼愚蠢的行径，
如蛮牛一般愚不可及；
我们亲吻荒谬的物体，
却还要爱得五体投地，
面对腐朽惨淡的死光，
我们甚至要祝福感激。

最终，为了在诗兴里
溺毙晕眩，我们这批
狂傲不羁的竖琴祭司①，
将一世声名用在炫耀
对于丑恶事物的痴迷：
不渴而饮，食不为饥！……
——快将烛光吹灭吧，
让我们在黑暗中藏匿！

---

① 指诗人。

7 哀伤的情歌[①]

一

你聪慧与否又有何妨?
只要漂亮! 只要哀伤!
腮旁挂泪尤娇媚，如
潺潺溪水为美景增光;
梨花带雨，更见鲜靓。

我更爱，当欢乐从
你额头溜走的时光;
当你的心深陷恐慌;
当往日的阴云
在你眼前飘荡。

我爱你大眼睛热泪盈眶，
似有鲜血流淌;

① 本诗首次发表于1861年5月15日《幻想杂志》，系咏唱让娜·迪瓦尔之作。

我爱你虽有我手的催眠，
仍难抑过度的哀伤，
有如临终者的咳呛。

那是神圣而销魂的芳香！
是颂歌深邃美妙的回响！
我饱嗅你胸中全部啜泣，
深信你泪眼飘洒的珍珠
会照亮你的心房！

二

我知你的心底
仍有未了的旧情流淌，
似洪炉中未烬的火光，
我知你罪孽的胸中，
仍有一丝骄矜匿藏；

但是，爱人，只要你
梦中不见地狱的闪光，
在无穷的噩梦中
惟有鸩毒剑影，
血雨腥光，

逢人便觉惶恐，
担心祸从天降，
时钟一响胆战心慌，
那难以抗拒的厌恶
却不令你压抑感伤，

奴隶般的女王，你
爱我，就莫要恐惶，
在惊悸的不祥之夜，
灵魂切莫对我叫嚷：
“你我彼此，哦吾王！”

8 警告者[①]

凡被称为“人”者，
心中都有一条黄蛇，
它像个统治者盘踞宝座，
人只要说“我想！”它总说“不可”。

莎蒂莱丝或妮克丝[②]，
你若对它含情脉脉，
蛇牙便说：“勿忘你的职责[③]！”

生儿育女，种树劳作，
吟诗作赋，研习雕刻，
蛇牙又说：“今夜你还能活？”

无论怎样期望和筹措，

---

① 本诗首次发表于 1861 年 9 月 15 日《欧洲评论》。
② 莎蒂莱丝（Satyresse），希腊神话中生着羊角和羊蹄的半人半兽女林神。妮克丝（Nixe），日耳曼神话传说中的水妖。
③ 蛇牙（la Dent）比喻悔恨或时间。

人无时无刻不在这条
让人难以忍受的毒蛇
警告下碌碌过活。

9 反抗[①]

震怒的天使似雄鹰从天而降，
揪住背教者的头发摇晃叫嚷：
“你会明白何谓规章！（听着，
我是慈悲天使！）我要你这样！

“无论穷人坏蛋，痴傻或愚妄，
要懂得真爱，切忌作势装腔，
这样才能在耶稣经过的时候，
用你的善心将凯旋地毯铺上。

“此即爱！趁你心房还在跳荡，
重燃起你的热狂，为主增光；
这是至醇的享乐，魅力无疆！”

① 本诗约作于1843年，首次发表于1861年9月15日《欧洲评论》。研究者认为，该诗系波德莱尔有感于德拉克洛瓦绘于巴黎圣许毕斯教堂的壁画《被逐出圣殿的奸商》(*Héliodore chassé du temple*）而作，典出《新约·约翰福音》第2章，参看1861年版《恶之花》第118首《圣彼得的背弃》注释。

天使的罚与爱竟然如此相像，

天呵！他对背教者拳脚相向；

可这该死的总说：“我可不想！”

10　遥远的地方[①]

这就是那座圣洁的小房，
这姑娘梳妆打扮真漂亮
她十分听话，恬静安详，

她以手为扇，为酥胸
纳凉，玉肘倚着靠垫上，
在静听鸣泉汩汩泪淌：

此乃多罗泰的闺房[②]。
——清风流水在远方歌唱，
如泣如诉的歌声，
把娇女摇入梦乡。

---

① 本诗首次发表于 1864 年 3 月 1 日《新评论》，原标题为《多罗泰》(*Dorothée*)。

② 本诗中的多罗泰与《吟余集》第 20 首《致一位马拉巴尔姑娘》中毛里求斯岛的多罗泰并非同一人，而是波德莱尔在波旁岛（今留尼汪岛）认识的另一位多罗泰。除这首《遥远的地方》外，波德莱尔还曾为这位波旁岛的多罗泰写下过脍炙人口的散文名篇《美丽的多罗泰》(*La Belle Dorothée*)，收入其散文诗《巴黎的忧郁》(*le Spleen de Paris*)。

从头至脚，她精心梳妆，

香脂和安息香

令她雪肤嫩爽。

——卧房一隅，鲜花迷茫。

11 深渊[①]

帕斯卡自有如影随形的深渊[②]，
——看嘉言懿行，欲望梦幻，——
唉！俱为深渊！我毛骨悚然，
屡屡感应到恐惧的罡风回旋。

穹苍八极，碧落黄泉，到处
岑寂肃杀，可怕的诱人空间……
漫漫黑夜尽头，上帝的妙手
在导演一出周而复始的梦魇。

---

① 本诗首次发表于1862年3月1日《艺术家》，副标题为“献给泰奥菲尔·戈蒂耶”（*A Théophile Gautier*）。研究者认为，本诗系波德莱尔在1862年1月23日“收到一个奇怪的警告”后而作。在其散文随笔《卫生》（*la série Hygiène*）一文的首页上，波德莱尔写道：“无论是在精神还是在肉体上，我总有一种如临深渊的感觉，不仅仅是睡眠的深渊，而是行为、梦幻、回忆、欲望、悔恨、内疚、美、数等的深渊。我快乐而恐惧地培育着自己的疾病。现在，我总感到头晕，今天，1862年1月23日，我收到了一个奇怪的警告，我感到一股愚蠢之翅掀起的风在我周身掠过。”波德莱尔此处提到的症状即是后来致其死亡的失语症的前兆。

② 帕斯卡（Blaise Pascal，1623—1662），法国著名的数学家、物理学家、哲学家和散文家，数学“帕斯卡定理”和物理学“帕斯卡定律”的发明者。后转向神学研究，从怀疑论出发，认为感性和理性知识皆不可靠，得出信仰高于一切的结论，该理论以“帕斯卡的深渊”著称。

我怕睡眠，畏似深渊，
无名恐惧，知向谁边；
窗棂间，我惟见无限，

我的心灵萦绕着晕眩，
麻木对虚无频生嫉羡。
——呵！“数”与“存在”，欲逃万难！

12 伊卡洛斯的哀叹[①]

青楼女的情郎，
自然快意轻狂，
我却折损双臂，
缘于凌云翱翔。

幸有星辰灿亮，
银河迸射光芒，
令我病眼一双，
犹存丽日怀想。

宇宙中心极境，
徒然心动欲访；
孰料喷火巨眼

① 本诗首次发表于1862年12月28日《林荫大道》，是波德莱尔有感于英国诗人托马斯·格雷（Thomas Gray，1716—1771）的《墓园挽歌》（*Elegy written in a Country Churchyard*）而作。伊卡洛斯（Icare），希腊神话中建筑师和艺术家代达罗斯（Dédale）之子。由于触怒克里特（Crète）国王弥诺斯（Minos），父子俩被关进迷宫（le labyrinthe）。但聪明的代达罗斯用蜂蜡将羽毛粘结起来做成翅膀，和儿子一起飞离克里特岛。途中，伊卡洛斯不顾父亲的警告越飞越高，最终导致阳光融化蜂蜡，坠海而亡。

令我焚毁翅膀；

爱美而遭焚身，
难享无上荣光，
寄名托付深渊，
愿它为我坟圹。

13 冥想[①]

愁苦呵，听话，安静一点。
你呼唤黄昏；它已在身边；
你看，城市已笼罩着昏暗，
有几家安谧，有几家愁惨。

当卑贱的芸芸众生在饱尝
逸乐那个冷面杀手的皮鞭，
去奴隶的欢宴中采撷悔怨，
愁苦呵，牵我手；走这边，

离远点。看悠悠似水流年
着旧袍，凭栏望，倚天轩；
瞧潭底奔涌出含笑的留恋；

① 本诗首次发表于1861年11月1日《欧洲评论》。在手稿中，波德莱尔将这首诗与《盖子》（见1868年第三版《恶之花》增补诗第5首）冠以一个总标题——《孤独的漫步者》（*Le Promeneur solitaire*）。

观垂死的太阳桥拱下安眠，
听，爱人，温柔的夜走来，
仿佛长长尸衣向东方绵延。

14 被冒渎的月神[①]

呵，祖祖辈辈暗恋的月亮，
高悬蓝天之上，后宫辉煌，
群星拱峙，似盛装的仪仗，
古老辛西娅是我家的灯光[②]，

你可见幸福陋床颠倒鸳鸯，
梦中檀口半开，贝齿生香？
你可见诗人觅句支颐冥想？
或干草丛中毒蛇配对成双？

你可曾轻移莲步，身披黄氅，
如往昔朝思暮想，旧情难忘，
去亲吻恩底弥翁凋零的俊朗[③]？

① 本诗首次发表于 1862 年 3 月 1 日《艺术家》。
② 辛西娅（Cynthia），希腊神话中月亮女神阿尔忒弥斯（Artemis）的别名。
③ 恩底弥翁（Endymion），希腊神话中的人间美少年。月亮女神辛西娅爱上了他，每夜在他熟睡时去山洞偷吻他。后来宙斯发现了月神的行动，遂施法术令恩底弥翁永远沉睡不醒。

——“末世逆子，我见你亲娘
在镜前卸下沉重的岁月时光，
用脂粉涂抹曾哺育你的乳房！”

卷四　青春集[1]

① 《青春集》共收录5首诗，有的是未完成稿，系波德莱尔青年时代的作品，均未收录于《恶之花》中。

1　乖离[①]

登高远行，渐离熟识小径，
过农庄山谷，跨连绵丘陵，
在森林和碧绿草毯上穿行，
远离高处牧群点缀的草坪，

一池清幽碧水镶在深谷峭壁，
四顾寂寥，满目是皑皑雪峰；
湖水在雄伟壮丽中昼夜沉睡，
永不惊扰它时有风暴的宁静。

阴沉的荒野，声音飘忽不定，
它微弱悠远，不时传入耳中，
山坡上奶牛的低哞，激荡出
比远处钟楼还要沉闷的回声。

山风凛冽，万径迷踪，

① 本诗作于 1838 年。那一年，波德莱尔随母亲和继父去比利牛斯山区旅行，时年 17 岁。

阳光下冰川剔透晶莹，
峭岩上畅想心跳血涌，
黄昏将湖面映得鲜红，

我脚下头顶万籁俱静，
静谧得令人只想逃命，
永恒寂静，无垠山峰，
空气凝固，恍若梦境。

有人说，那是苍天在孤寂中
对着水面垂叹顾影，远处的
群峰，巍峨端坐，肃穆倾听
那凡人难觅的天籁神秘之声。

当天上的流云，偶尔在
宁静的湖面上笼罩阴影，
仿佛是长裙或透明身影，
宛若有精灵在遨游苍穹。

2 “我的情妇并非一头显赫的狮王……”[①]

我的情妇并非一头显赫的狮王；
我灵魂能成形全借助她的光芒。
外界嘲讽的目光对她视而不见，
她的美只在我悲伤的心中开放。

为双鞋子，她就敢将灵魂出让；
上天只会在旁讪笑这无耻女郎，
我装作达丢夫，幻想高人一等[②]，
想当个作家，出售自己的思想。

她头戴假发，那更是重罪一桩。
任美丽的乌发溜出白皙的颈项；
却无妨爱的亲吻似雨点般纷扬，
落在她麻风病人般光秃的额上。

---

① 本诗约作于 1840 年，系为萨拉而作。波德莱尔去世后的 1875 年 10 月 17 日首次发表于《巴黎激流》，1884 年再发表于《青春法国》1—2 月号。

② 达丢夫（Tartufe），莫里哀喜剧《伪君子》（*Le Tartufe*）中的人物，典型的伪君子。

她的斜眼使她看人的目光异样，
黑色的眉睫比天使的睫毛还长，
世人为明眸甘遭天谴，我眼中，
她黑眼圈的犹太美目举世无双。

她仅双十韶华，可下垂的乳房
却已像一对葫芦般挂在胸脯上，
但仍吸引我每夜爬上她的身体
似婴儿般又吮又咬，天伦尽享——

尽管她经常是囊中羞涩，
无钱将自己的肌肤滋养——
我却仍狂热无语舔舐她的雪肤臂膀，
像抹大拉忘情亲吻救世主双脚一样①，

这令人欢娱和气喘的可怜造物，
沉闷呃逆常溢出她鼓胀的胸腔，
在她的粗喘声中，我猜想，她
一定常去光顾医院的面包残汤。

寒夜中，她一双大眼常露惊惶，

① 抹大拉（Maria Madeleine），基督教圣徒，耶稣的妻子。传说耶稣遇害后，抹大拉为躲避耶路撒冷罗马当局的抓捕迫害，携耶稣的后代逃到今法国南部的普罗旺斯海岸，并开始传道讲义。

以为街巷深处瞟来另一对目光——
或许她向来对来客太心胸坦荡，
所以疑神疑鬼，害怕没有光亮。

因此她长夜秉烛，只为了
书中的渊博长者日夜造访，
相比于痛苦和辘辘的饥肠，
她更怕已故情郎再度探访。

假如你见她一身怪诞的扮相，
又见她偷偷出没于乌衣陋巷，
低眉顺目——像只病鸽一样——
衣冠不整，在堕落之地游荡，

对这可怜人薄施粉黛的面庞，
先生们，莫要唾弃莫要诽谤，
惟怨饥饿女神在凄寒的冬夜，
逼迫她在光天化日撩开衣裳。

这放纵女郎是我的一切，是
珠玉、宝藏、女公爵、女王，
是她将我抱在怀中形骸放浪，
是她的双手温暖了我的心房。

3 献给圣伯夫（“初出茅庐的我们……”）①

初出茅庐的我们，有稚嫩的面庞，
端坐橡木老凳，比链环光滑鲜亮，
岁月的磨砺使我们像男人般成长，
——我们曾强忍着厌倦凄凉，
俯首蜷缩于寂寞的四壁穹苍，
强咽酸涩的乳汁，十年寒窗。
——悠悠岁月呵，没齿难忘，
我们曾经奋力挣脱条条框框，
让固守韵脚章句的学究腐儒
在我们凌厉剑招下节节退让，
任盛气凌人的学子用拉丁语
像那个特里布莱般恣肆叫嚷②——

① 本诗约作于1844—1845年间，见于波德莱尔致圣伯夫的一封信中，署名“波德莱尔-迪法伊斯”（Baudelaire-Dufaÿs）。信中写道：“这些诗句是为您而写的——而且在刚刚写完的时候，它们显得是那么幼稚——所以我自问，它们是否写得有些不合情理——而且受到称颂的那位会不会因这一称颂而感到不妥。我期待着您能把您的意见告诉我。”

② 特里布莱（Triboulet），法王弗朗索瓦一世（François I，1494—1547）手下的弄臣，颇多劣迹。意大利作曲家威尔第（Giusepe Verdi，1813—1901）曾根据其人其事和雨果的作品《寻欢之王》（*Le Roi s'amuse*）创作了著名歌剧《弄臣》（*Rigoletto*）。

青春期的苍白时光，谁未尝
领教过修道院般的厌倦颓唐——
沉闷的夏日青空或飞雪之中
那迷惘的目光——眼观六路，
耳听八方——似猎犬般吞下
喧嚷，或书本中缥缈的回响？

尤当盛夏的时光，阴霾迷茫，
灰黑色的高墙便充斥着忧伤，
当天狼星或雾气蒸腾的残秋
将满腔无聊的怒火喷向穹苍，
令人们在城堡主塔沉入梦乡——
猛禽聒噪，白鸽们一片恐慌；
那正是一个梦想的花季呵，
缪斯整日蜷缩于钟舌之上；
当万物昏睡的正晌，伤感
托着腮帮在走廊尽头游荡——
它的双眸，比修女更湛蓝明亮①，
淫猥痛苦的故事我们耳熟能详，

① 修女（*la Religieuse*），指法国18世纪启蒙思想家、哲学家和作家狄德罗（Denis Diderot，1713—1784）的同名哲理小说的女主人公苏珊。苏珊是私生女，从小被送入修道院做修女。她不堪忍受修道院里种种野蛮的暴力和残酷的折磨，几次起来反抗，终于逃出了这座牢狱。作者通过这部小说，对黑暗的宗教界进行了严厉的批判，被誉为“是用动人心魄的语调写成的”。

——早熟的厌倦拖着沉重步履，
夜之忧郁仍盘踞在汗湿的额上。

——病态黄昏和疯狂夜晚随之而降，
引诱怀春的少女们在镜前
欣赏自己的肉体——享乐而不生养——
将已成熟的硕果凝视端详——
当阴郁的爱神在黑色的阳台上，
从清新香炉中泼洒麝香的波浪——
这意大利之夜无忧而放荡，
谁能用真言点破色空幻象——
……
正是在这片慵倦冲突的土壤，
我被您的诗歌催熟，靠您的诗节濡养，
体味出书中三昧的某个晚上，
阿莫里的故事在我心中回荡①。
怀疑距神秘深渊仅两步相望——
——如药液般，十五年点点滴淌，
润物无声，将滑向深渊的我滋养，

① 阿莫里（Amaury），圣伯夫的小说《逸乐》（*Volupté*）中的主人公。《逸乐》是作者以一个教士忏悔的形式自述其青年时代的心理研究小说。阿莫里本是个胸怀大志、孜孜不倦的青年，却因耽于享乐导致爱情纠葛，使他过人的才华过早枯萎。

由此，我对勒内的叹息感同身受[①]，

对古怪的焦渴从未知到了若指掌。

——精微之处尤须深耕细榜。

我广泛涉猎，无论腐臭芳香，

从已逝记忆的温馨絮语，

到象征语句，锦绣文章，

——似神秘牧歌，浅吟低唱；

——书中的享受，历来这样——

从此，无论在穷街陋巷，

还是置身于异域的阳光，

无论是醉浪的永恒摇荡，

或茫茫地平线重现天光，

我对圣洁梦想心驰神往——

无论酷暑中沉重的消遣，

或寒冷霜月的闲散游荡[②]——

在烟草雾霭缭绕的书房，

——愚钝之魂在宝贵的书的海洋

探索和汲取神秘的营养，

---

① 勒内（René），法国浪漫主义作家夏多布里昂（François-René de Chateaubriand，1768—1848）同名小说的主人公，讲述的是发生在姐弟之间的不伦之恋。勒内自幼和姐姐相依为命，长大后心情苦闷，无法排解，以至要自杀。姐姐鼓励他活下去，但自己却日益憔悴，最后进了修道院，原来她对弟弟已产生“罪恶的激情”。后来姐姐去世，勒内皈依了基督教。

② 霜月（frimaire），法兰西共和历的第三月，相当于公历 11 月 21—23 日至 12 月 21—23 日。

历史记录着同样的病状，
镜前，我将魔鬼点化的
冷酷的艺术提升、播扬：
——在痛苦中获得真正的快感——
让恶浸透血渍，撕裂创伤。

诗人，这是贬斥抑或褒扬？
与您面对面，我有如情郎，
直面幽灵，我的心花怒放，
手眼充分吸收未知魅力的
能量——一切所爱的生灵
似罐中胆汁，惟闭目品尝，
痛苦引诱着心灵病入膏肓，
在弓箭的赞歌中走向死亡。

4 “高贵的女人……”①

高贵的女人，有力的臂膀，
不思善恶，终日沉睡幻想，
　　依古风骄矜撩开霓裳，
在我深感漫长的十年时光，
从你美妙的吻中，我的唇
　　品味出修士般的情肠——

娱情的姊妹，女祭司般放荡，
你圣洁的穴洞，总不屑
　　将男丁孕育、喂养，
你越是惊惶逃避耻辱的烙印，
道德就越会用它强暴的犁铧
　　在你怀胎母腹留下创伤——

① 本诗系未完稿，写在一帧照片的背面，落款为“B.D”（波德莱尔-迪法伊斯），日期是 1844 年 10 月 18 日。

5 题爱弥尔·谢瓦莱夫人的画册[①]

她们混迹人群，落魄流浪，
昔日的宝贵回忆心中珍藏，
苦苦寻觅狂热话语的回响，
像一对夜晚走失的鸽子般忧伤，
　　在密林中呼唤，互诉衷肠。

---

① 本诗约作于1845—1847年，1908年在《波德莱尔遗作》(*Oeuvres posthumes*)中首次发表。研究者认为，本诗描写的是女同性恋者，最初应属于《恶之花》(当时诗集名为《莱斯波斯的女性(*Les Lesbiennes*)》)中某诗的一节。爱弥尔·谢瓦莱夫人(Mme. Emile Chevalet)是《海盗-撒旦》(*le Corsaire-Satan*)一位撰稿人的妻子，波德莱尔于1845—1848年间曾为该报撰稿。

波德莱尔生平与大事年表

1821 年

4 月 9 日，夏尔-皮埃尔·波德莱尔出生于巴黎奥特弗耶街 13 号（原址现已不存）。父亲是约瑟夫-弗朗索瓦·波德莱尔（1759—1827），已年过六旬，曾在巴黎大学学习哲学和神学，1784 年获授神甫教职，在德·普拉斯兰公爵[①]家当过家庭教师，还担任过帝国参议院大法官办公室主任；一生爱好文学艺术，自己也绘画；1797 年与雅南小姐有过一次婚姻，并育有一子，即波德莱尔的同父异母哥哥克洛德-阿尔方斯·波德莱尔法官（1805—1862）。母亲是卡洛琳·阿尔岑博特-迪法伊斯（1793—1871），时年 28 岁，出生于英国，1819 年 26 岁时嫁给弗朗索瓦·波德莱尔作续弦。

诗人泰奥菲尔·戈蒂耶曾在一篇文章中说波德莱尔的生日是 4 月 21 日，而波德莱尔的母亲在致夏尔·阿塞利诺的信中则说他的生日是 4 月 7 日。

---

① 德·普拉斯兰公爵（le Duc de Choiseul-Praslin，1712—1785），1758—1770 年间支配法王路易十五政府的外务大臣。

6 月 7 日，波德莱尔在巴黎圣许毕斯教堂[①]受洗。

同年，古斯塔夫·福楼拜出生。

1827 年

2 月 10 日，波德莱尔的父亲约瑟夫–弗朗索瓦·波德莱尔去世。

1828 年

10 月 17 日，雅克·奥比克少校致函陆军部长，请求允许他迎娶“鲍德莱尔夫人”[②]。奥比克生于 1789 年，与波德莱尔的母亲结婚前已是圣路易骑士勋章的获得者。在此后的职业生涯中，他还出任过法国驻君士坦丁堡大使和驻马德里大使，去世时（1857 年）是帝国参议员。

11 月 8 日，波德莱尔的母亲改嫁奥比克少校。奥比克生性冷峻，心胸褊狭，波德莱尔终生未能与之和谐相处。

12 月 2 日，奥比克夫人产下一个女婴，孩子出生后即夭折。

1830 年

本年，欧仁·德拉克洛瓦创作油画《自由引导人民》。

1831 年

秋天，里昂纺织工人起义，奥比克调防里昂。

---

① 圣许毕斯教堂（Saint-Sulpice），位于巴黎第六区，内有德拉克洛瓦的壁画和著名的玫瑰线。雨果曾在此举行婚礼。

② 奥比克在信中将“波德莱尔夫人”（Mme. Baudelaire）误写为“鲍德莱尔夫人”（Mme. Bodelaire）。

12 月 7 日，奥比克被任命为陆军第七师参谋长。

同年，维克多·雨果的小说《巴黎圣母院》出版。

1832 年

1 月，波德莱尔随母亲迁居里昂，入德洛姆寄宿学校，并成为里昂皇家中学的六年级插班生。

10 月 15 日，波德莱尔成为里昂皇家中学的正式住校生，读五年级。

1834 年

4 月 29 日，奥比克晋升上校。

1836 年

奥比克调往巴黎，任陆军第一旅旅长。全家随同他返回巴黎。

3 月 1 日，波德莱尔成为路易大帝中学的三年级住校生。他的爱好是阅读夏多勃里昂[①]和圣伯夫的作品，并开始最初的诗歌创作。

6 月，他的老师阿希尔·夏尔丹在评语中如此评价他："轻佻；在古代语言方面能力不足。在改正错误方面没有能力。"

12 月，夏尔丹老师又在评语中写道："弄虚作假，会说谎。有时可以有些骑士风范，但有时却又让人感到过分。"

---

① 夏多勃里昂（François-René de Chateaubriand，1768—1848），法国浪漫主义作家。

1837 年

波德莱尔参加中学二年级会考，获拉丁文诗歌二等奖。

年底，他的老师戴斯福尔热在评语中写道：“他在全神贯注的时候可以有所创新，而且很细腻。但他不够严谨，无法从事坚实、严肃的学业。”

1838 年

7 月，波德莱尔在参观凡尔赛宫战争画廊时，被德拉克洛瓦创作的油画《塔耶堡之战》所吸引。研究者发现，波德莱尔从此对德拉克洛瓦终生崇敬。

8 月，波德莱尔随母亲和继父去比利牛斯山区旅行。在这次旅行中，波德莱尔写下了《乖离》一诗，时年 17 岁。

同年，戈蒂耶的诗集《死亡的喜剧》发表。

1839 年

本年，波德莱尔与古斯塔夫 · 勒瓦瓦索尔 ① 结为好友。

2 月，波德莱尔的辅导员阿希尔 · 卡里埃尔写道：“波德莱尔这几天又开始变得非常奇怪。让人恼火的是，这位已走上正路的学生，现在又以树立坏榜样为乐趣了。”

4 月 18 日，波德莱尔因拒绝将同学传给他的纸条上交学校而被路易大帝中学开除。校长彼埃罗在写给奥比克上校的信中说明了开除

① 古斯塔夫 · 勒瓦瓦索尔（Gustave Le Vavasseur，1819—1896），法国诺曼底诗人。

原因：

先生：

今天早晨，副校长命令您的儿子交出一张他的同学塞给他的纸条，但他拒绝交出，而且撕碎了它，并吞到肚子里。在被召到我这里以后，他向我宣称，宁愿受到惩罚也不能暴露同学的秘密……他居然以冷笑来回答我，我无法容忍如此不礼貌的态度。

所以，我要把这位年轻人还给您，他有不少才华，但被一种很坏的精神糟蹋了。学校的好秩序已不止一次受到这种坏精神的损害。

8月12日，作为圣路易中学的走读生，波德莱尔勉强通过了中学毕业会考。成绩是：希腊作家：及格；拉丁作家：及格；修辞：及格；作文：良好；古代史：及格；现代史：不及格；地理：不及格；哲学：及格；数学：及格；物理：及格。

11月2日，波德莱尔在法律学校注册上学。但他的兴趣是诗歌，喜欢在上课时偷偷阅读拉马丁、雨果和缪塞的诗歌。

同年，司汤达的小说《巴马修道院》出版；德拉克洛瓦创作油画《疯人院中的塔索》。

1840年

波德莱尔在勒韦克与巴伊寄宿公寓过着一种他所希望的“幸福的生

活”。这一年，他拜会了巴尔扎克、乌尔里雅克和奈瓦尔，结识了普拉隆，并与一些朋友组织了一个名为“诺曼底派”的文学小团体，共同创作诗歌和歌词[①]，还结识了拉丁区一位年轻的、绰号“斜眼”的犹太裔妓女萨拉。

1 月 18 日，奥比克上校被任命为驻巴黎的陆军第二旅旅长，8 月 12 日奉命驻扎在枫丹白露。

8 月 13 日，奥比克上校晋升为将军。

同年，奥古斯特·罗丹出生。

1841 年

4 月 19 日，由于担心波德莱尔的放荡生活，奥比克致函波德莱尔的哥哥阿尔方斯，提议让波德莱尔外出旅行。信中写道：

> 现在是到了必须采取某种措施，以阻止您的弟弟彻底堕落的时候了。我终于知道或大致知道了他现在的处境、他的举止与习惯。
>
> ……现在，急需把他从滑向罪恶的巴黎石子路上拉开。有人提出让他去进行一次漫长的海上旅行，去一趟印度之类的地方，这样我们可以希望他在如此远离国家、进入异国之后，会断绝他那些可憎的关系，并通过他将要学习到的一切回到现实中来，而且可能回

---

① 巴尔扎克（Honoré de Baszac，1799—1850），19 世纪法国伟大的批判现实主义作家，欧洲批判现实主义文学的奠基人和杰出代表。乌尔里雅克（Edouard Ourliac，1813—1848），法国文学评论家。奈瓦尔（Gérard de Nerval，1808—1855），法国诗人。普拉隆（Ernest Prarond，1821—1909），法国庇卡底诗人，历史学家。

来时成为诗人，但却是一个比从巴黎的下水道更好的源泉汲取灵感的诗人……

5月，奥比克召开家庭会议，决定让波德莱尔离开巴黎，外出旅行。

6月9日，波德莱尔在家庭的压力下同意外出旅行，在波尔多登上“南方之海号”邮轮，前往印度的加尔各答。虽然他在船上离群索居，对一切与文学无关的事似乎都漠不关心，但实际上这次旅行大大丰富了他的感官，唤醒了他用诗歌赞颂大海、阳光和异域风情的激情。

9月1日，经过一场剧烈的风暴后，“南方之海号”停靠在毛里求斯岛的圣路易港。9月1日至18日，波德莱尔受到了德·布拉加尔夫妇[①]的接待。

9月19日，波德莱尔抵达波旁岛[②]。

10月14日，奥比克收到“南方之海号”船长萨里茨的来信，信中称波德莱尔厌倦已极，拒绝再继续乘船旅行。

10月20日，波德莱尔在波旁岛给德·布拉加尔夫妇写信，并附上了他咏唱德·布拉加尔夫人的十四行诗《致一位白裔夫人》：

好心的德·布拉加尔先生：

在毛里求斯时，您让我给您的妻子写几句诗，我没有忘记。一

① 德·布拉加尔夫妇，参看1861年版《恶之花》第61首《致一位白裔夫人》注释。

② 波旁岛（l’île Bourbon），即今留尼汪岛（l’île de la Réunion），法国的海外领地。

位年轻人写给一位夫人的信，最好、最礼貌和最合适的方式，是通过她丈夫的手转交给她，所以我把这首诗寄给您，只有在您喜欢这首诗时再给她看。

离开你们以后，我经常想起你们和你们那些优秀的朋友。我不会忘记你们带给我的那些美好的上午时光。

如果我不是太喜欢巴黎和怀念巴黎，我还会尽可能长地与你们在一起，而且我会让你们喜欢上我，让我在你们面前不像表面上看起来那样巴洛克式。

我返回毛里求斯岛的可能性不大，除非我乘坐的前往波尔多的船（阿尔西德号）因为有乘客上船而在那里停靠。

下面是我写的十四行诗：（略）

我会在法国期待你们的到来。请向德·布拉加尔夫人转达我崇高的敬意。

1842 年

2月15日，波德莱尔乘船抵达波尔多，随即返回巴黎。他说："没想到我归来时，衣袋中竟装满智慧。"

3月，波德莱尔在圣安东尼门剧场结识了在那里当演员的"黑维纳斯"让娜·迪瓦尔，为她写下了《蛇舞》、《秀发》等诗篇，并与费利克斯·纳达尔[①]结为好友。

4月9日，波德莱尔成年，他继承了父亲的75000法郎遗产，过起

---

① 费利克斯·纳达尔（Félix Tournachon Nadar，1820—1910），法国摄影师，波德莱尔的朋友。

纸醉金迷的生活，并开始吸食鸦片和大麻。

6月，波德莱尔迁居圣路易岛的贝杜纳滨河街，开始与让娜·迪瓦尔同居，并在同月结识泰奥多尔·德·邦维尔。

同年，巴尔扎克将其作品结集为《人间喜剧》出版；泰奥多尔·德·邦维尔的诗集《女像柱集》出版；斯特凡·马拉美[①]出生。

1843年

2月，波德莱尔计划与勒瓦瓦索尔、普拉隆和多松[②]合作出版一部诗集《诗选》，但他中途退出了这个计划，转而与普拉隆合作编写一部诗剧《伊德奥吕斯》。

5月，波德莱尔迁居圣路易岛昂儒滨河街17号的皮莫丹府邸[③]，与德·博瓦斯戴尼耶[④]为邻。在这里，他接待了许多社会名流，其中包括戈蒂耶和萨巴蒂埃夫人。在皮莫丹府邸里有一个“大麻爱好者俱乐部”，还住着一位名叫阿隆戴尔（1809—1881）的旧货商，波德莱尔多次向他借贷，从此深陷债务泥潭不能自拔。

本年，波德莱尔与埃米尔·德鲁阿[⑤]结为好友，德鲁阿为波德莱尔画了一幅肖像，并由布拉克蒙[⑥]制成版画。

---

① 斯特凡·马拉美（Stéphane Mallarmé，1842—1898），法国象征派诗人。

② 多松（Auguste Dozon，1822—1891），法国作家。

③ 昂儒滨河街皮莫丹府邸（l'hôtel Pimodan, quai d'Anjou），今名洛赞府邸（l'hôtel de Lauzun）。

④ 德·博瓦斯戴尼耶（Fernand de Boisdernier），法国画家，德拉克洛瓦的朋友。

⑤ 参看1861年版《恶之花》第88首《致红发丐女》注释。

⑥ 布拉克蒙（Félix Henri Bracquemond，1833—1914），法国画家，曾应波德莱尔之约为其1861年版《恶之花》设计封面插图。

同年，在与性感狂野的让娜·迪瓦尔同居中，波德莱尔感染了终生不愈的梅毒。

1844 年

3 月 2 日，波德莱尔与人合作发表《巴黎演艺界的艳情秘密》。

7 月，为控制波德莱尔的挥霍无度，法庭在波德莱尔家人的请求下，决定为波德莱尔指派一位监护人，每月仅允许他支取 200 法郎。

9 月 20 日，法庭指派公证人昂塞尔担任波德莱尔的监护人，管理其财产。

同年，大仲马的小说《三剑客》出版；奈瓦尔的诗集《橄榄山的基督》出版。

1845 年

为了生存，波德莱尔开始为报刊和杂志撰写文艺评论，并很快成为知名的文艺评论人。在此期间，他结识了小说家、批评家夏尔·阿塞利诺，并结下深厚的友谊。

4 月，波德莱尔发表《1845 年的沙龙》。

5 月，波德莱尔试图自杀。

5 月 25 日，在《艺术家》发表《致一位白裔夫人》。

6 月 30 日，波德莱尔再次试图自杀。他在致监护人昂塞尔的信中说："我自杀，是因为我对他人毫无用处，对自己则危险万分。我自杀，是因为我幻想不朽，充满憧憬……"他还在信中要求将自己的全部财产遗赠给让娜·迪瓦尔。

11月24日，波德莱尔在《海盗-撒旦》发表《才智人士如何还债》。

同年，瓦格纳创作歌剧《罗恩格林》。

1846年

1月21日，在《海盗-撒旦》发表《佳音市场的古典博物馆》。

2月20日，在《公众精神》发表中篇小说《青年魔法师》，译自英国克罗利牧师[①]1836年的一部作品。

3月3日，在《公众精神》发表《致文学青年的忠告》。同日，在《海盗-撒旦》发表《抚慰爱情格言选》。

5月23日，《1846年的沙龙》出版，获得极大成功。刊登文章的杂志封二预告："波德莱尔-迪法伊斯的诗集《莱斯波斯的女性》即将出版；同一位作者的《被爱女性的基本手册》也即将出版。"《莱斯波斯的女性》是《恶之花》最初的名字。

6月16日，波德莱尔加入文人协会。

9月6日，在《艺术家》发表《怙恶不悛》(即《唐璜坠地狱》)。

12月13日，在《艺术家》发表《致一位印度姑娘》(即《致一位马拉巴尔姑娘》)。

同年，奈瓦尔的诗集《东方之旅》出版；波德莱尔的好友埃米尔·德鲁阿去世。

---

① 克罗利牧师(Révérend George Croly，1780—1860)，英国作家。

1847 年

本年，波德莱尔开始关注美国作家爱伦·坡及其作品，并在精神上将其引为知己。同一年，他与古斯塔夫·库尔贝结为好友。库尔贝为他画了一幅肖像，并在不久后写道："对于一位面部表情每天都在变化的人，怎样才能画好他的肖像呢？"

1 月，波德莱尔在《文人协会公告》发表中篇小说《拉·芳法罗》。

8 月 18 日，玛丽·多布伦在圣马丁门剧院担纲主演《金发仙女》。研究者认为，波德莱尔就是在这一天与玛丽·多布伦相识的，并为她碧绿色的双眸所吸引，写下了《毒液》和《暗淡的天空》这两首诗。

11 月 14 日，在《海盗–撒旦》发表《群猫》。

11 月 28 日，奥比克被任命为巴黎综合工科学校校长。

1848 年

2 月，巴黎民众推翻七月王朝、建立第二共和国的"二月革命"爆发，波德莱尔参与其中。2 月 24 日，有人在街上看到他举枪高呼："枪毙奥比克将军！"

2 月 27 日，波德莱尔与两位朋友合作出版《公安报》，但仅出版两期即告夭折。

4 月 10 日，波德莱尔出任一家温和的共和派刊物《国民讲坛》编辑部主任，5 月 6 日离职。

4 月 13 日，奥比克被任命为法国驻君士坦丁堡大使。

7 月 15 日，在《自由思想》翻译发表爱伦·坡的《磁场启示录》。

这是波德莱尔翻译的爱伦·坡作品首次出版。

10 月 20 日，应沙托鲁市的邀请，波德莱尔出任该市一家新报纸《安德尔省的代表》主编，未几离职。

11 月，在《酒商回声》发表《杀人犯之酒》。

12 月 10 日，路易–拿破仑·波拿巴[①]当选第二共和国总统。

同年，夏多勃里昂去世；小仲马的小说《茶花女》出版。

1849 年

本年，波德莱尔逐渐远离政治，全身心进行诗歌创作，并结识出版家布莱–玛拉西[②]。布莱–玛拉西是狂热的善本收藏家和大胆的出版家，从此成为波德莱尔一生中最重要的朋友之一。

10 月 7 日，爱伦·坡逝世。

同年底至 1850 年初，波德莱尔因负债累累，躲在第戎小住。

1850 年

本年，波德莱尔的梅毒第一次发作，同时债台高筑。

6 月，《家庭杂志》刊登了波德莱尔的两首诗《正人君子之酒》(即《酒魂》）和《骄傲的报应》，并称这两首诗取自一部名为《灵薄狱》的诗集。《灵薄狱》也是《恶之花》最初的名字之一。

---

① 路易–拿破仑·波拿巴（Louis-Napoléon Bonaparte，1808—1873），法国 1848 年革命后当选法兰西第二共和国总统。1851 年发动政变，恢复帝制，出任法兰西第二帝国皇帝，称拿破仑三世。1870 年普法战争中战败被俘。病逝于英国。

② 布莱–玛拉西（Auguste Poulet-Malassis，1825—1878），法国出版家、善本收藏家，波德莱尔的挚友。

7 月 13 日，作家朱利安 · 勒梅尔[①]编选的诗集《爱情诗人》出版，收录了波德莱尔的《莱斯波斯》一诗。

8 月 18 日，巴尔扎克逝世。

1851 年

从本年开始，波德莱尔与库尔贝及其现实主义渐行渐远，在精神上与爱伦 · 坡和约瑟夫 · 德 · 迈斯特尔靠得越来越近。他说："是德 · 迈斯特尔和爱伦 · 坡教会了我如何进行推理。"

2 月 20 日，奥比克被任命为法国驻伦敦大使，但他拒绝了这一职务。

3 月 7 日，在《议会信使》发表《论酒与大麻》。

4 月 9 日，在《议会信使》以《灵薄狱》为总标题发表了十一首诗:《劣僧》《理想》《女巨人》《来自深处的求告》《猫头鹰》《乐天逝者》《仇恨之桶》《破钟》《忧郁（"雨夜对着全城大发雷霆……"）》《情侣之死》和《艺术家之死》。

6 月 18 日，奥比克被任命为驻马德里大使。

12 月 2 日，路易–拿破仑 · 波拿巴发动政变，恢复帝制。波德莱尔予以强烈谴责。

1852 年

1 月 22 日，在《戏剧周刊》发表《异教派》。

---

① 朱利安 · 勒梅尔（Julien Lemer），法国作家，生平不详，曾为巴尔扎克立传。

2月1日，在《戏剧周刊》发表《薄暮》和《晨曦》。

3月，在《巴黎评论》3—4月号上发表《埃德加·爱伦·坡的生平及其作品》。

10月，在《巴黎评论》发表《人与海》和《圣彼得的背弃》。

12月9日，波德莱尔匿名向萨巴蒂埃夫人寄出第一首为其咏唱的《致一位过于快乐的女人》，信中说：

> 这些诗是为您而作的。无论它们是否让您喜欢，即使他们显得那么可笑，也希望您不要将它们展示给任何人看。深刻的感情具有廉耻心，不容他人亵渎。诗后没有署名，不也正是这种无法克制的廉耻心在作祟吗？梦境中写下这些诗的人，诗中的那位女性让他长久暗恋，却从未敢向她一诉衷肠，而且将永远保持对她最温柔的爱慕。

波德莱尔向萨巴蒂埃夫人匿名寄诗一直持续到1854年2月。1857年8月，当萨巴蒂埃夫人发现作者是波德莱尔并愿以身相许时，波德莱尔心目中的女神又回归成为女人。

同年，戈蒂耶的诗集《珐琅与雕玉》出版。

1853年

3月1日，在《艺术家》翻译发表爱伦·坡的《乌鸦》。

3月27日，在《文学界》翻译发表爱伦·坡的《装饰的哲学》。

4月17日，在《文学界》翻译发表爱伦·坡的《玩具的道德》。

5月3日，匿名向萨巴蒂埃夫人寄送《反诘》。

5月9日，匿名向萨巴蒂埃夫人寄送《告白》。

1854年

2月7日，匿名向萨巴蒂埃夫人寄送《活的火炬》和《心灵的曙光》。

2月16日，匿名向萨巴蒂埃夫人寄送《今晚你有何言……》。

5月8日，匿名向萨巴蒂埃夫人寄送《赞歌》。

7月25日，《国家》开始连载爱伦·坡著、波德莱尔译《怪异故事集》和《新怪异故事集》，一直连载到次年的4月20日结束。该两部译作于1856年和1857年结集出版。

1855年

1月15日，在《巴黎评论》发表《今晚你有何言……》。

5月26日，在《国家》发表《论1855年万国博览会（美术部分）》。

6月1日，在《两世界评论》首次以《恶之花》为总标题发表十八首诗:《致读者》《仇敌》《厄运》《前生》《吸血鬼》《永如是》《黄泉中的悔恨》《反诘》《告白》《心灵的曙光》《黄昏的和声》《邀游》《无法救治》《苦闷与漂泊》《毁灭》《贝雅特丽姬》《西特岛之旅》和《爱神与脑壳》。

6月2日，诗文集刊《枫丹白露》收入波德莱尔的两首诗:《薄暮》和《晨曦》。

8月12日，《论1855年万国博览会（美术部分）》以单行本出版。

本年，首届万国博览会在巴黎举行。博览会画展评委会拒绝了库尔贝的三幅作品，库尔贝在一所临时的房子里展出了自己的画作，由此引发关于现实主义的争论。那所房子后来被称为“现实主义之亭”。

1856 年

3 月，爱伦·坡著、波德莱尔译《怪异故事集》初版发行。

9 月，波德莱尔中断与让娜·迪瓦尔的交往，与玛丽·多布伦同居。

12 月 30 日，波德莱尔与布莱–玛拉西和德·布鲁瓦斯[①]经营的阿朗松出版社签约，出售《恶之花》和《美学撷珍》的版权。《美学撷珍》是一部文学评论集，波德莱尔生前始终未能出版。

1857 年

年初，福楼拜的小说《包法利夫人》引发诉讼，后被判无罪。

2 月 4 日，波德莱尔向布莱–玛拉西移交《恶之花》手稿。

3 月 8 日，爱伦·坡著、波德莱尔译《新怪异故事集》出版发行。

4 月 20 日，在《法兰西评论》发表《美神》《“她摇曳波动的衣裙……”》《“我留赠给你这些诗篇……”》《她的一切》《活的火炬》《香水瓶》和《毒液》。

4 月 27 日，波德莱尔的继父奥比克去世。他的母亲离开巴黎，避居滨海小城翁弗勒尔[②]。

5 月 10 日，在《艺术家》发表《自惩之人》和《无可救药》。

5 月 17 日，在《阿朗松报》发表《异域之香》和《阳台》。

---

① 德·布鲁瓦斯（Eugène-Marie de Broise，1821—1907），法国出版家。

② 翁弗勒尔（Honfleur），法国地名，位于诺曼底的卡尔瓦多斯省（Calvados）。

5 月 18 日，在《艺术家》发表《弗朗索瓦兹之颂》。

6 月 18 日，在《阿朗松报》发表《拾荒者之酒》。

6 月 25 日，《恶之花》初版发行，收录了波德莱尔自 1840 年以来的所有诗作。

7 月 5 日，古斯塔夫 · 布尔丹[①]在《费加罗报》撰文，抨击《恶之花》"不道德" "可怕"。文章中愚蠢恶意的评论直接导致了随后的司法调查。另一家《立宪主义者报》也对诗人进行了攻击。

7 月 7 日，司法部认为《恶之花》有 "触犯公共道德和善良风俗" 之嫌，开始进行司法调查。

7 月 11 日，波德莱尔致函布莱–玛拉西，通知其近期可能开始查封《恶之花》的行动，提醒他将诗集藏好。

7 月 13 日，福楼拜给波德莱尔写信，称赞《恶之花》。

7 月 14 日，爱德华 · 蒂耶里[②]在《箴言报》上撰文，为《恶之花》辩护。

8 月 18 日，波德莱尔给萨巴蒂埃夫人写信，承认自己是匿名向她寄诗的人，并请其帮助自己与法官疏通。信中承认 "《恶之花》第 84 页到 105 页的诗歌都是为您而写的"。

8 月 20 日，法国第六轻罪法庭开庭审理《恶之花》案，公诉人是毕纳尔检察官[③]，他也是年初《包法利夫人》一案的公诉人。尽管有巴

---

① 古斯塔夫 · 布尔丹（Gustave Bourdin，1820—1870），法国记者，《费加罗报》创始人的女婿。

② 爱德华 · 蒂耶里（Edouard Thierry，1813—1894），法国文学家。

③ 毕纳尔（Ernest Pinard，1822—1909），法国检察官。1857 年初，他曾作为公诉人指控福楼拜的小说《包法利夫人》。

尔贝·多尔维利和圣伯夫等人的鼎力支持，法庭仍判处波德莱尔罚款300法郎，并勒令他从诗集中删除《莱斯波斯》《被诅咒的女人》《忘川》《致一位过于快乐的女郎》《首饰》和《吸血鬼的变形》等六首诗；两位出版商也各被罚款100法郎。

8月24日，在《现时》发表六首散文诗。

8月30日，雨果致函波德莱尔，称赞《恶之花》"光辉耀眼，犹如星辰"，并鼓励他继续努力。

8月30日，波德莱尔与萨巴蒂埃夫人成为情人。

8月31日，波德莱尔在写给萨巴蒂埃夫人的信中说，"不久前，你还是我崇拜的女神，那么优雅，那么美好，那么神圣不可侵犯。可如今，你又回归成为女人……"

10月1日和15日，在《现时》连载《论几位法国和外国漫画家》。

10月18日，在《艺术家》发表《福楼拜与他的〈包法利夫人〉》。

11月15日，在《现时》发表《神奇的版画》《景色》《赞歌》和《代价》。

同年，邦维尔的诗集《古怪的颂歌》出版；库尔贝创作油画《塞纳河畔的仕女》。

1858年

本年，波德莱尔与马奈相识。

5月13日，爱伦·坡著、波德莱尔译《亚瑟·戈登·皮姆奇遇记》出版。

9月30日，在《当代评论》发表《大麻》。该文系《人造天堂》的

第一部分。

11 月 19 日，在《艺术家》发表《决斗》。

11 月，波德莱尔与让娜·迪瓦尔重新生活在一起。

1859 年

1 月，波德莱尔去翁弗勒尔看望母亲，并与她言归于好。在与母亲重逢期间，他创作了不少诗歌。

1 月 20 日，在《法兰西评论》发表《魔鬼附体》和《虚无的滋味》。

2 月，波德莱尔将《远行》寄给马克西姆·杜刚[①]。这首诗是他在与母亲重逢期间创作的。2 月 15 日，翁弗勒尔出版的《通报》刊登了《远行》一诗。

3 月 13 日，在《艺术家》发表《论泰奥菲尔·戈蒂耶》。

3 月 15 日，在《当代评论》发表《骷髅之舞》。

4 月 5 日，让娜·迪瓦尔中风，被送进杜博瓦疗养院。5 月 19 日出院。

4 月 10 日，在《法兰西评论》发表《远行》《西西娜》和《信天翁》。

4 月 20 日，在《法兰西评论》发表《缘起》。这是波德莱尔对爱伦·坡《写作的方法》一文的翻译。

5 月 17 日，在《阿朗松报》发表《遨游》。

---

① 马克西姆·杜刚，参看 1861 年版《恶之花》第 126 首《远行》注释。

5月20日，在《法兰西评论》发表《秀发》。

6—7月，在《法兰西评论》发表文学评论《1859年的沙龙》，对德拉克洛瓦、夏凡纳和马奈的作品逐一做出评论。

9月15日，在《当代评论》发表《七老翁》和《小老妇》。

9月27日，波德莱尔将刊有《七老翁》和《小老妇》的《当代评论》寄给流亡海外的维克多·雨果。10月6日，雨果在回信中写道："当您写作这两首摄人心魄的诗——《七老翁》和《小老妇》时，您在干什么？感谢您将这两首诗题献给我。您在做什么？您在前进。您在进步。您为艺术的天空带来人所不知的可怕光芒。您创造了新的战栗……"

11月30日，在《当代评论》发表《面具》《秋歌》和《秋之十四行诗》。

12月7日，波德莱尔将《天鹅》题献给流亡海外的维克多·雨果，并在致雨果的信中写道："这首诗是为您而作的，是一边思念您一边写的。不能以您严厉的眼光去看这首诗，而应当带着您那父辈的眼光……请把我这一小小的象征视为我对您天才的钦佩，以及我对您的友谊的微薄见证。"12月18日，雨果在回信中说："您的《天鹅》是一个意象。与其他真实的意象一样，它极具深度……您的诗句如此透彻，如此有力。"

同年，雨果的诗集《世纪传说》出版；柯罗创作油画《麦克白夫人与女巫》；德拉克洛瓦创作油画《雅各布与天使的争斗》；安格尔创作油画《土耳其浴》；瓦格纳创作歌剧《特里斯坦与伊梭尔德》。

1860 年

1月1日，债台高筑的波德莱尔与布莱-玛拉西签订新的合同，出售《恶之花》第二版、《人造天堂》、《文学主张》(后名《罗曼蒂克艺术》）和《美学撷珍》诸书的版权。

1月13日，波德莱尔的脑病第一次发作。

1月15—31日，在《当代评论》连载《大烟鬼》。

1月22日，在《闲谈》发表《劳作的骷髅》《天鹅》和《致一位圣母》。

2月17日，波德莱尔给瓦格纳写信，称赞他的音乐作品。

5月15日，《人造天堂》一书由布莱-玛拉西出版。封面上预告《对几位同时代人的思考》(即《文学主张》）即将出版。同日，《当代评论》发表了《巴黎梦》《虚幻之爱》《永如是》《顽念》和《一个好奇者的梦》。

10月15日，在《艺术家》发表《恐怖的感应》《群盲》《痛苦的炼金术》《为一位过路女子而作》《幽灵》《午后的歌》《美神颂歌》和《时钟》。

同年，马奈创作油画《苦艾酒鬼》。

1861 年

2月9日，《恶之花》第二版出版，增加了三十五首新诗。波德莱尔在写给母亲的信中说："我平生第一次基本满意。这本书差强人意……"

2月，《轶事评论》1861年2月上半月刊对《恶之花》第二版进行评论：

这次《恶之花》第二版出版，是一件小小的文学轰动事件。初版已经在上流社会传遍了。无论我们是否喜欢这位作者，我们都无法无动于衷。这部诗集无论是其高贵的节奏，还是敢于制造出最大胆效果的庄严自尊的态度，都令人深受震撼。从此之后，新奇性找到了它的大师级诗人来表达。

2 月 28 日，在《当代评论》发表《声音》和《和平烟斗》。

4 月 1 日，在《欧洲评论》发表长篇文章《论理查·瓦格纳》。该文在当年 5 月以单行本形式出版，并增加了一篇前言。同日，在一封给母亲的信中，波德莱尔第一次披露他计划撰写一部私密笔记，名为《我心赤裸》。

5 月，波德莱尔再次试图自杀。

5 月 15 日，在《幻想杂志》发表《哀伤的情歌》。

5 月 24 日，波德莱尔将包括未来作品在内的所有作品的特别再版权授予布莱–玛拉西和德·布鲁瓦斯。

9 月 15 日，在《欧洲评论》发表《为一部禁书的题辞》《异教徒的祈祷》《反抗》和《警告者》。

11 月 1 日，在《幻想杂志》发表九首散文诗。在《欧洲评论》发表《冥想》。

12 月 1 日，勒孔特·德·利勒[①] 在《欧洲评论》上评论《恶之花》

① 勒孔特·德·利勒（Charles Marie René Leconte de Lisle，1818—1894），法国帕纳斯派诗人，波德莱尔的朋友。

第二版“整部作品奇特有力，观念新颖，丰富而沉郁的多样性贯穿始终，它是显示作者高度深思的有力的印记”。

12月11日，波德莱尔向法兰西学士院提出院士申请。在申请过程中，波德莱尔与诗人维尼[①]建立了友谊。

1862年

本年，波德莱尔与让娜·迪瓦尔的关系彻底终结。

1月12日，在《林荫大道》发表《浪漫派的落日》和《盖子》。

2月10日，在圣伯夫的劝告下，波德莱尔撤回向法兰西学士院的院士申请。

3月1日，在《艺术家》发表《声音》《深渊》和《被冒渎的月神》。

7月1日，波德莱尔将个人作品的特别再版权授予布莱–玛拉西。

8月，《法国诗人》一书第四卷出版，其中收录了波德莱尔评介雨果、戈蒂耶等七位法国诗人的七篇文章。书中还同时收录了戈蒂耶评论波德莱尔的一篇文章。

9月6日，英国诗人斯温伯恩[②]在《观察家报》撰文盛赞《恶之花》，认为它是波德莱尔所有作品中最好的一部。

9月，在《新闻》发表六首散文诗。

9月12日，布莱–玛拉西因拖欠债务而被捕，并在不久后潜逃到比利时。

12月28日，在《林荫大道》发表《伊卡洛斯的哀叹》。

---

① 维尼（Alfred de Vigny，1797—1863），法国诗人、作家。

② 斯温伯恩（Algernon Charles Swinburne，1837—1909），英国诗人。

同年，雨果的长篇小说《悲惨世界》出版；马奈创作油画《巴伦西亚的罗拉》；福楼拜的小说《萨朗波》出版；勒孔特·德·利勒发表诗集《蛮族诗钞》。

1863 年

1 月 13 日，波德莱尔打算向儒勒·凡尔纳作品的出版商埃采尔[①]出售《恶之花》和《小散文诗》(即《巴黎的忧郁》)的特别出版权，但该计划未能实现。

1 月 25 日，在《林荫大道》发表《意料之外》。

2 月 1 日，在《林荫大道》发表《夜思》。同日，布莱–玛拉西的出版社破产。

8 月 13 日，德拉克洛瓦逝世。波德莱尔撰写了悼念文章《欧仁·德拉克洛瓦的作品及其生平》，连载于当年 9 月 2 日、11 月 14 日和 22 日的《国家舆论》。

9 月 17 日，维尼逝世。

11 月 26、29 日和 12 月 3 日，波德莱尔评论康斯坦丁·居伊[②]的文章《现代生活的画家》在《费加罗报》发表。

同年，卡巴奈尔[③]的油画《维纳斯的诞生》在 1863 年沙龙展出，获得巨大成功；而马奈的油画《草地上的午餐》未获评委会审查通过，只能在拿破仑三世创立的落选者沙龙展出。

---

① 埃采尔（Pierre-Jules Hetzel，1814—1886），法国作家、出版家，巴尔扎克的巨著《人间喜剧》的出版人。

② 康斯坦丁·居伊，参看 1861 年版《恶之花》第 102 首《巴黎梦》注释。

③ 卡巴奈尔（Alexandre Cabanel，1823—1889），法国学院派画家。

1864 年

3 月 1 日，在《新评论》发表《贝尔塔的眼睛》《题欧仁·德拉克洛瓦〈狱中的塔索〉》和《遥远的地方》。

4 月 24 日，波德莱尔被债务、毒品和疾病困扰，离开巴黎前往布鲁塞尔进行巡回演讲，并计划寻找出版商洽谈其作品全集的出版事宜。在比利时，波德莱尔结识了费利西安·洛普斯[①]，对他的人品大加赞赏，他在给马奈的信中写道："洛普斯是惟一真正有才华的艺术家，他现在生活在比利时。"

5—6 月，为了能挣一点钱，波德莱尔举行了数次演讲。由于演讲不成功，失望而痛苦的波德莱尔以罕见的怒火开始撰写散文随笔《可怜的比利时！》。

7 月 2 日，在《巴黎生活》发表五首散文诗。

8 月 13 日，在《巴黎生活》发表散文诗《计划》。

10 月 1 日，在《巴黎生活》发表《为阿米娜·波切蒂的首演而作》。

12 月 13 日，在《艺术家》发表《致一位马拉巴尔姑娘》。

12 月 25 日，在《巴黎评论》以《巴黎的忧郁》为题发表六首散文诗。

同年，马奈、毕沙罗、雷诺阿和贝尔特·摩里索[②]的绘画作品被官方沙龙所接受，而塞尚的作品未获得通过；图卢兹-劳特累克[③]出生；

---

① 费利西安·洛普斯（Félicien Rops，1833—1898），比利时画家。

② 贝尔特·摩里索（Berthe Morisot，1841—1895），法国印象主义女画家。

③ 图卢兹-劳特累克（Henri de Toulouse-Lautrec，1864—1901），法国画家。

维尼的遗作《命运》出版。

1865 年

2 月 1 日，青年诗人马拉美在《艺术家》发表《文学交响曲》一文，在文章的第二部分专章评论波德莱尔，对他给予高度赞誉。

2 月 7 日和 14 日，在《费加罗报》以《巴黎的忧郁》为题发表六首散文诗。

3 月，爱伦·坡著、波德莱尔译《怪诞与严肃故事集》出版。

5 月 13 日，在《小评论》发表《为阿米娜·波切蒂的首演而作》。

7 月 8 日，在《小评论》发表《喷泉》。

11 月，波德莱尔在写给朋友的信中说，“我感到持续的神经性头痛……”。同月，尚弗勒里[①]在其《现代漫画史》中发表了波德莱尔《题奥诺雷·杜米耶的肖像》一诗。

11—12 月，青年诗人魏尔伦[②]在《艺术》连续撰文，盛赞波德莱尔。

同年，马奈在 1865 年沙龙上展出的油画《奥林匹亚》引发恶评；蒲鲁东去世，波德莱尔曾经受到过他的影响。一年后，他在给圣伯夫的信中说：“我读过他很多书，但了解得很少。”莫奈创作油画《大车》。

1866 年

1 月，波德莱尔在写给朋友的信中说，“中风和瘫痪向我逼

---

① 尚弗勒里（Champfleury，1820—1889），法国文艺评论家、作家，波德莱尔的朋友。

② 魏尔伦（Paul-Marie Verlaine，1844—1896），法国象征派诗人。

近……”。

2月，波德莱尔在写给朋友的信中说，“我总是头晕、摔跟头……”。

2月底，《吟余集》由布莱–玛拉西出版，收录了法院勒令删除的六首诗和大部分当时未发表的诗。费利西安·洛普斯为这部诗集绘制了封面。

3月11日，在《费加罗报》发表《俏皮的小酒馆》。

3月中旬，波德莱尔由费利西安·洛普斯陪同参观比利时南部纳穆尔市的圣–卢教堂时脑病再次发作，在台阶上突然跌倒，并出现失语和瘫痪的最初症状。

3月20日，波德莱尔手写了给母亲的最后一封信。

3月23日，波德莱尔瘫痪。

3月30日，波德莱尔失语。此前，他口述了致监护人昂塞尔的最后一封信。

3月31日，《当代帕纳斯》以《新恶之花》为题发表了波德莱尔的十五首诗。

4月4日，波德莱尔被送进圣约翰与圣伊丽莎白医护所。

4月14日，波德莱尔的母亲赶到布鲁塞尔看望儿子。

4月19日，波德莱尔从医护所转回旅馆，与母亲住在一起。

6月29日，波德莱尔在母亲的陪伴下启程回国，7月2日抵达巴黎。

7月4日，波德莱尔被送进星座广场附近的杜瓦尔医生疗养院。许多人来看望他，其中有圣伯夫、邦维尔和勒孔特·德·利勒……在波德莱尔房间的墙壁上挂着马奈的绘画，朋友们为他弹奏瓦格纳的作品。

同年，塞尚、雷诺阿和马奈的作品均未通过官方沙龙评委会的审查。塞尚愤而向美术审查督导官乌韦克尔克提出抗议；魏尔伦出版诗集《感伤诗集》；陀思妥耶夫斯基出版小说《罪与罚》；左拉在《事件》杂志撰文为马奈辩护。

1867 年

1 月 1 日，《十九世纪评论》发表波德莱尔的诗《一日之末》。

8 月 31 日，上午十一时左右，波德莱尔在母亲的怀抱中去世，享年 46 岁。

9 月 2 日，波德莱尔的追思仪式在巴黎圣–奥诺莱–黛罗教堂举行，邦维尔和阿塞利诺代表诗人的朋友们致悼词。仪式后，波德莱尔被安葬于蒙帕纳斯公墓中奥比克将军的墓旁。同日，纳达尔在《费加罗报》发表悼念文章。

12 月 4 日，莱维出版社以 1750 法郎获得波德莱尔作品的出版权。

同年，左拉的小说《泰蕾兹·拉甘》出版，标志着自然主义文学流派的诞生。

1868 年

12 月，莱维出版社分卷出版波德莱尔的《美学撷珍》和由邦维尔、阿塞利诺主编的第三版《恶之花》。戈蒂耶为第三版《恶之花》撰写了序言。

1869 年

莱维出版社出版波德莱尔的《罗曼蒂克艺术》与《小散文诗》(即《巴黎的忧郁》)。阿塞利诺出版了第一部关于波德莱尔的传记《夏尔·波德莱尔的生平及其作品》。

同年，洛特雷阿蒙[①]发表《马尔多罗之歌》；福楼拜的小说《情感教育》出版。

1870 年

5 月，莱维出版社结集出版波德莱尔翻译的爱伦·坡作品。

1871 年

8 月，波德莱尔的母亲去世。

同年，兰波在论文《艳俗之文学》中宣称："自我即他人。"

1874 年

波德莱尔作品第四卷由莱维出版社出版，收入了《人造天堂》和《拉·芳法罗》、《青年魔法师》两部中篇小说。

同年，魏尔伦完成《诗的艺术》，系统阐述象征主义理论。后于 1884 年出版。

---

① 洛特雷阿蒙（Comte de Lautréamont，1846—1870），原名伊齐多尔·吕西安·迪卡斯（Isidore Lucien Ducasse），法国诗人。

1886 年

9 月 18 日，让·莫雷亚斯[①]在《费加罗报》发表《象征主义宣言》，对象征主义做出定义。

1887 年

波德莱尔的私密日记《我心赤裸》出版。

1890 年

保罗·克洛岱尔的戏剧《黄金头》上演，标志着象征主义戏剧的出现。

1946 年

9 月 25 日，法国最高法院颁布法令，允许《恶之花》案可申请复审。

1949 年

5 月 31 日，法国最高法院撤销原判，准许《恶之花》在法国境内全文出版，为波德莱尔恢复名誉。

---

① 让·莫雷亚斯（Jean Moréas，1856—1910），法国诗人，原籍希腊。

再版后记

一、2011年，拙译《恶之花》由九久读书人和新世界出版社初版印行，使我多年的夙愿得遂；今次再版，承蒙“企鹅经典丛书”厚爱，心中无任感佩。

二、《恶之花》译本已有数种。我之所以再译，是想向我的北大恩师们——王力（了一）先生、郭麟阁先生、杨维仪先生和刘自强先生——致敬，是他（她）们领我步入了法兰西诗歌和波德莱尔的世界。虽然离开北大已三十多年，但当年我捧着刚从三角地新华书店买到的王了一先生所译《恶之花》兴冲冲地跑去燕南园请他题字的情景，郭麟阁先生在法国文学讲座上为我们闭目吟诵法国诗歌的情景，杨维仪先生在我参加法语诗歌朗诵比赛前一字一句为我纠正发音的情景和刘自强先生在课堂上为我们逐一解读19世纪法国诗歌大师作品的情景，仍不时地在我眼前浮现。这部译作，是我对他（她）们的一份感念。

三、本次再版，正文有所修订，注释亦有增删，其余一仍其故。依据的仍是法国伽利玛出版社1972年由克洛德·皮舒瓦作序的版本，诗的次序也依照这个版本，分为四卷，共收录169首诗，包括1861年版《恶之花》127首（含《致读者》）、1866年版《吟余集》23首、1868

年第三版《恶之花》增补诗 14 首和波德莱尔早期诗 5 首，并附集众多资料编译而成的《波德莱尔生平与大事年表》，供读者参阅。

四、关于《恶之花》的翻译，王了一先生主张按旧体诗意译，认为“诗只有意译才能把诗味译出来”①；郑克鲁先生主张按原诗的格式翻译，认为“翻译的任务之一，是将原文的形式也介绍过来”②。而我则想在译法上按自由诗和中国诗歌的押韵方式做些尝试，尝试的目的是希望读者不仅能读，而且可诵。

拙译初版五年来，批评者有之，肯定者不少，鼓励者甚众。本次再版，希望能继续得到读者诸君的指教。

刘楠祺
乙未羊年二月初一日于
京北日新斋，时年六十

---

① 王了一先生说：“我认为诗只有意译才能把诗味译出来，不必以字字比对为工。……我把《恶之花》译成旧体诗，这是一种尝试。这并不妨碍别人把它译成白话诗。”请参阅王了一先生所译《恶之花》之译后记，外国文学出版社 1980 年 12 月北京第一版，第 367 页。

② 郑克鲁先生说：“法国诗歌除了自由诗和散文诗以外，都是格律诗。是按自由诗和中国诗歌的押韵方式翻译出来呢，还是按照原诗的格式翻译？我选取了后者，即令这是给自己制造困难。但是我想，翻译的任务之一，是将原文的形式也介绍过来，或许这会有益于我国的文学。”请参阅郑克鲁先生所译《法国诗选》之序，河北教育出版社 2004 年 1 月第一版，第 11 页。

导 读

◎[法]克洛德·皮舒瓦[1]

有关《恶之花》的研究与著述可谓多矣，片言短评和鸿篇巨制比比皆是，还能再说些什么呢？这部薄薄的、小册子般的诗集，会不会像波德莱尔在写给布莱-玛拉西[2]的信中屡屡担心的那样，会湮没在波诡云谲、用多样技巧做出最宽泛诠释的文学批评当中呢？

《恶之花》问世百年之际，皮埃尔·让·茹夫[3]曾以纯波德莱尔式的率真和冲动断言："《恶之花》何止百年。"的确如此。无论对熟谙《恶之花》的读者还是希望了解《恶之花》的读者来说，《恶之花》的生命力都绝非一百年或一百二十年。不过，阐释徒多，最好还是把这部诗集重新置于其产生的时代，溯本求源，才有助于揭示这位史上罕见诗才的全貌。

---

① 克洛德·皮舒瓦（Claude Pichois，1925— ），法国著名传记作家、文学评论家，波德莱尔研究专家。

② 布莱-玛拉西（Auguste Poulet-Malassis，1825—1878），法国出版家、善本收藏家，波德莱尔的挚友。

③ 皮埃尔·让·茹夫（Pierre Jean Jouve，1887—1976），法国作家、诗人、文学评论家。

当年，年轻的波德莱尔一定认为自己生不逢时，心中可能还会涌出拉布吕耶尔在《品格论》① 中的开篇之言："言自多，话已尽……" 因为，在他出生的前一年，《沉思集》② 就已经问世了；1843 年，也就是《城堡里的爵爷们》③ 在法国戏剧舞台上惨败的那一年，他放弃与朋友们合作编纂的诗集《诗选》④ 也出版了。在这个被称为浪漫主义诗歌运动的二十年间，诗才辈出，佳作涌现，拉马丁、维克多・雨果、圣伯夫⑤、维尼⑥、缪塞⑦、泰奥菲尔・戈蒂耶⑧，还有其他许多诗人都青史留名。

波德莱尔密切关注着这一文学盛世。这个年轻、放任的中学生通读了在这二十年间出版的所有作品（在《恶之花》中，这一点仍有迹可寻），虽然不乏称许，但更多的却是拒绝。1838 年 8 月 3 日——那一年他才十七岁！——他在写给母亲的信中说："我只阅读当代作品；我会去找那些流传广、口碑好的作品阅读，可一读之下却发现它们谬误满

---

① 拉布吕耶尔（Jean de La Bruyère，1645—1696），法国作家，其代表作《品格论》（*Caractères*）是法国文学史上的一部划时代散文名著，对后世影响很大。

② 《沉思集》（*Méditations*）是法国著名浪漫主义诗人拉马丁（Alphonse de Lamartine，1790—1869）的第一部诗集，于 1820 年出版。

③ 《城堡里的爵爷们》（*Les Burgraves*）是维克多・雨果的最后一部戏剧作品，只上演了 33 场便败给了竞争对手。维克多・雨果（Victor Marie Hugo，1802—1885），法国 19 世纪浪漫主义文学的杰出代表，法国文学史上最伟大的小说家和诗人，法国浪漫主义文学运动的领袖。

④ 1843 年 2 月，波德莱尔曾与勒瓦瓦索尔、普拉隆和多松等几个朋友计划合作出版一部名为《诗选》（*Vers*）的诗集。后波德莱尔因故退出。

⑤ 圣伯夫（Charles Augustin Sainte-Beuve，1804—1869），法国作家、文学评论家。

⑥ 维尼（Alfred de Vigny，1797—1863），法国浪漫主义诗人、作家。

⑦ 缪塞（Alfred de Musset，1810—1857），法国浪漫主义诗人。

⑧ 泰奥菲尔・戈蒂耶（Théophile Gautier，1811—1872），法国浪漫主义诗人，提倡"为艺术而艺术"。

篇，过激浮夸！原来，我很想读读欧仁·苏[1]的作品，可只读了一部就大倒胃口。我厌恶这一切。我真正喜欢的只有维克多·雨果的剧本和诗歌，还有圣伯夫的一部小说（《逸乐》）。我对当下的文学深恶痛绝；说老实话，自从识字读书以来，还没有哪一部佳作能让我由衷欢喜并身心愉悦；我不会再去读什么了。”

这封信的字里行间，不仅反映出波德莱尔青春期的愤世嫉俗——那可能是缘于路易大帝中学[2]某个教师的讥讽——而且也流露出了他当时心灰意冷的情绪。该说的话都已被别人说尽了，无论是好话坏话，但毕竟说过了。那么，法兰西诗歌这架竖琴还能为波德莱尔另谱新曲吗？要知道，在诗歌与传统密不可分的法兰西，要想另立门庭可谓难上加难。

可见，锐意求新是波德莱尔诗歌创作的首要动力：

> 遨游深渊，未知中求新奇，
> 无论它是地狱，还是天堂！

求新，就要独辟蹊径。可诗国中还有哪方无主净土呢？当波德莱尔身陷《恶之花》的官司时，圣伯夫曾经写过一篇名为《我想到的一些小小的辩护手段》的辩护提纲为他出谋划策，其中模仿大克雷比戎[3]悲剧中的那种老掉牙的说辞，以惧天畏命作为抗辩的手段：

---

① 欧仁·苏（Eugène Sue，1804—1857），法国小说家。

② 路易大帝中学（Collège Louis-le-Grand），巴黎的一所寄宿制中学，波德莱尔1836—1839年间在该校读书。

③ 大克雷比戎（Crébillon père，1674—1762），法国18世纪悲剧作家，代表作为《厄勒克特拉》（*Electre*）。

诗国中，疆土分封已毕。

拉马丁占据了**天国**，雨果占据了**大地**，而且还不止**大地**。拉普拉德[1]占据了**森林**。缪塞占据了**激情**和**醉心的狂欢**。其他诗人占据了**家庭**、**乡村生活**，等等。

戈蒂耶占据了西班牙及其明快的色彩。所剩几何呢？

剩下的，才能轮到波德莱尔。

他别无选择。

波德莱尔的律师觉得这种抗辩肯定会被驳回，因为法庭是不会关心诗歌创新的，它只会认为这是诗人又在舞文弄墨，“欢庆至圣享乐，沉迷军旅荣光”，所以并没有采纳这个辩护理由。不过后来波德莱尔在起草《恶之花》序言时却又旧话重提：“诗豪们早已将诗国中的膏腴良田瓜分殆尽。我却乐于从恶中发掘美，这个任务越是艰难，就越能激发我的愉悦。”

锐意求新的思想贯穿于波德莱尔诗歌创作的一生，它不仅与《恶之花》相伴始终，而且在波德莱尔的全部诗体著作中随处可见。这种潜心和激情的探索，在《小散文诗》中又迈上了一个新的台阶。

然而，我们不应当去绝对地看待这种诗歌形式的创新。因为从圣经到拉马丁，从荷马[2]到雨果，从维吉尔[3]到戈蒂耶，我们始终能够在波

---

① 拉普拉德（Victor de Laprade，1821—1883），法国诗人。

② 荷马（Homère，约公元前 9 世纪—公元前 8 世纪），相传为古希腊的游吟诗人，生于小亚细亚，双目失明，创作了史诗《伊利亚特》和《奥德赛》，即《荷马史诗》。

③ 维吉尔（Virgile，公元前 70—公元前 19），古罗马最伟大的诗人，留有《牧歌集》（*Eclogues*）、《农事诗》（*Georgics*）和史诗《埃涅阿斯纪》（*Aeneid*）等三部杰作。

德莱尔的诗歌中找到他追寻前人传统的足迹。举个简单的例子吧：在他咏唱萨巴蒂埃夫人[①]的系列组诗中，彼特拉克[②]的诗风清晰可辨——我们马上就会联想到《活的火炬》那首诗。

波德莱尔不像有些人——例如兰波[③]——那样去诅咒美。他的作品展现的是一种罕见和好奇的混合——这种混合可称之为“怪异”，源自于他1855年的一句名言“美永远是怪异的”——在他的诗歌中，尊重与冒犯、传统与革新、现代内容与古老形式可谓融汇天成，炉火纯青。这也足以说明波德莱尔的诗歌在法国诗歌的演进过程中何以会占据如此尊崇的地位。波德莱尔是一位诗坛的雅努斯[④]，或套用时下的意象，他是个伟大的“交换系统”：他既守望过去，又面向未来；他将古老的价值观传递给新的一代，既把过去转化为现在，又把现在转化为未来；他既是古典主义的末代传人，又是现代主义的开山鼻祖。

波德莱尔选择的是地狱，或者说，他选择的是恶，因为“地狱”一

---

① 萨巴蒂埃夫人（Mme. Apollinie Sabatier，1822—1889），原名阿格拉伊·萨瓦蒂埃（Aglaé Savatier），是巴黎的一位交际花。她心地善良，是公认的美女，她的沙龙里经常有知名的文人和艺术家聚会。1843年波德莱尔与之结识，对她怀有柏拉图式的爱情，为她写了许多匿名情书和赠诗。

② 彼特拉克（Pétraque，1304—1374），意大利早期文艺复兴时期的学者和诗人，人文主义的奠基人。

③ 兰波（Jean Nicolas Arthur Rimbaud，1854—1891），法国19世纪诗人，早期象征主义诗歌的代表人物，超现实主义诗歌的鼻祖。

④ 雅努斯（Janus），罗马神话中的天门之神。他早晨打开天门，让阳光普照人间，晚上又把天门关上，使黑暗降临大地。他的头部前后各有一副面孔，同时看着两个不同的方向，一副看着过去，一副看着未来，因此也被称为两面神或时光之神。

词带有某种神学的超验性。1855 年，伊波利特・巴布[①]向波德莱尔建议将诗集取名为《恶之花》，真可谓绝妙的演绎，诗人在其序言草稿中也谈起过这件事；不过，布拉克蒙[②]应波德莱尔之约为 1861 年版《恶之花》设计的卷首插图却未得其窍要，费利西安・洛普斯[③]为《吟余集》设计的卷首插图也难遂人意。

要体现恶之美，首先要了解恶。正如让-保罗・萨特[④]和马塞尔・鲁夫[⑤]指出的那样，波德莱尔独辟蹊径，为恶做出了一项存在主义的选择——尽管萨特曾批评波德莱尔还不够大胆，还没有彻头彻尾地成为让・热内[⑥]一类人物。据说丹纳[⑦]在泛舟莱蒙湖[⑧]时将自己关进船舱，希望借助于阅读去更好地描写沿岸风光。自从波德莱尔自许为诗人以后，自从他认知了恶、认知了诗以后，同样也下潜到罪恶的渊薮中探游。

---

① 伊波利特・巴布（Hippolyte Babou，1823—1878），法国作家、文学批评家，波德莱尔的朋友。

② 布拉克蒙（Félix Bracquemond，1833—1914），法国画家，波德莱尔的朋友，曾为其 1861 年版《恶之花》设计封面。

③ 费利西安・洛普斯（Félicien Rops，1833—1898），比利时画家，波德莱尔的朋友，曾为其《吟余集》设计封面。

④ 让-保罗・萨特（Jean-Paul Sartre，1905—1980），法国思想家、作家，存在主义哲学大师。

⑤ 马塞尔・鲁夫（Marcel Ruff），法国学者，象征主义诗歌运动研究专家。

⑥ 让・热内（Jean Genet，1910—1986），法国作家。38 岁以前一直流浪，曾因多次犯盗窃罪而被判终身监禁。1948 年，经萨特等作家向法国总统联名上书而被特赦出狱，此后全身心投入写作和社会事务。其作品通常歌颂为社会所抛弃的亚文化群，虽文风优雅，却常使用罪犯和同性恋圈子特有的语言。

⑦ 丹纳（Hippolyte Adolphe Taine，1828—1893），法国文艺批评家、历史学家、哲学家，代表作为《艺术哲学》。

⑧ 莱蒙湖（le lac Léman），即日内瓦湖，面积 582 平方公里，是中欧面积第二大的淡水湖。

诚如他青年时代的信中所言，这个热情、感性和敏感的年轻人，常常深陷于怅惘的悔恨和自咎当中，他生活在布尔乔亚家庭，却执意想当个作家，这愿望确实奇怪。对他的这个愿望，他的母亲，那位曾经经历过托孤式的婚姻并最终找到奥比克做如意郎君，从而满足了自己追求包法利夫人[①]式享乐生活的母亲会有何反应还难以猜测吗？我们只要翻开《恶之花》的头几页或者再读一下《降福》这首诗，一切就不难理解了。很显然，当作家也绝不会是奥比克将军为他继子挑选的前途，因为写诗即意味着前途无望。将军眼看着夏尔毕业，却惊骇地发现他所崇尚的是波希米亚生活方式[②]，寻花问柳，自甘堕落。

我们如果以俄底浦斯情结[③]做个推理就不难想象到，家庭的冲突只会将波德莱尔越推越远，推向诗歌和对诗歌的体验。根据现在已知的资料，家庭冲突确实是在波德莱尔选择了恶、选择了诗以后才公开爆发的；他同时代的人的说法也差不多。

最初，波德莱尔是以一种可视的、炫目的和令人错愕的方式来表现恶的，后来则赋予其以冬雨的灰暗意象。他为未来的《恶之花》选择的头两个书名也能昭示出其构思的变化。1845 年 10 月和 1847 年 1 月，波德莱尔在《1846 年的沙龙》一书的封面和朋友们出版的作品中曾预告说，诗集《莱斯波斯的女性》即将出版，其中有一次还披露了

---

① 包法利夫人（Madame Bovary），法国作家福楼拜的小说《包法利夫人》中的女主人公。

② 波希米亚生活方式，指 19 世纪以来一些不满现实、喜爱游荡、具有创新才华和反叛精神的文人、艺术家追求的一种非传统生活风格的特异生活方式，这种生活方式通常意味着疯狂、不羁，而又充满神秘感。

③ 俄底浦斯情结，精神分析学的术语，即恋母情结。

若干细节，称“这是一部四开本的大书”。到了1848年11月《酒商回声》的新书预告中，这部诗集已不再叫《莱斯波斯的女性》了，而改称《灵薄狱》；出版商是米歇尔·莱维[①]，出版日期定在1849年2月24日，那天正好是1848年革命一周年的日子。在1850年6月号的《家庭杂志》上，波德莱尔发表了《骄傲的报应》和《酒魂》这两首诗，并预告说《灵薄狱》这部“书”“近日内即将出版”，它“表现了当代青年的骚动与忧愁”。1851年4月9日的《议会信使》则预告说这部“勾勒当代青年精神骚动史”的诗集将由米歇尔·莱维出版社出版。《灵薄狱》这个书名最后一次出现是在波德莱尔的《诗歌十二首》的手稿上，日期不会晚于1852年1月底。从1852年初直到1855年6月1日——那一天，波德莱尔以《恶之花》为总标题在《两世界评论》上发表了十八首诗——诗集到底叫什么名字依旧如雾里看花。

按照波德莱尔的说法，《莱斯波斯的女性》这个名字很酷[②]，走的是《青春法国》[③]的路子，别致而且靓丽。但他一定也注意到了这部诗集里不仅有那些被诅咒的女性，还有其他许多诗歌，所以只有打动布尔乔亚阶层接受它方为上策。为此，波德莱尔在《1846年的沙龙》献辞中表达了他对有产者的信任：“你们是多数，不仅人数众多，而且智力超群；

---

① 米歇尔·莱维（Michel Lévy，1821—1875），法国出版商，1836年创建莱维兄弟出版社。

② “莱斯波斯的女性”一词 Les Lesbiennes 原意为“在莱斯波斯岛女子学院求学的女子”。该学院系由古希腊著名抒情女诗人萨福（Sapho）创办，当时很多希腊女子慕名来岛求学，萨福不仅向她们传授诗艺，还给她们写了很多带有同性恋情感的诗作，被广为传唱，“Lesbienne”一词也逐渐转义为“女性同性恋者”。

③ 《青春法国》（*la Jeune-France*），法国19世纪一份刊物的名字。

因此，你们就是力量，这理所当然。”看来，诗集的名字肯定是要变了，因为波德莱尔的意愿在变。

而《灵薄狱》这个名字则很神秘且莫测高深，诠释起来只能是仁者见仁，智者见智[①]。这个词在天主教教义中的含义尽人皆知，但基督徒让·瓦隆[②]却不这么看，他在得悉《酒商回声》的预告后曾说：“这肯定是个社会主义者写的，因此一定是臭诗。”[③]瓦隆肯定以为自己的朋友“已变成了蒲鲁东[④]的门徒”，或者是傅立叶[⑤]的门徒也说不定。因为让·波米埃以及后来的米歇尔·布托尔都曾经说过，“灵薄狱时期”包括了“社会的初起阶段和工业化的厄运阶段”，是所谓的和谐社会的前身[⑥]。在《1846 年的沙龙》中，波德莱尔确实曾说过他那时正倾心于情绪乐观的傅立叶主义。从以《灵薄狱》为标题的一些诗歌看，也确实能够得出波德莱尔具有某些社会主义倾向的结论，比如《代价》一诗的最后一阕（1852 年以后被他删去了）。但即便如此，波德莱尔会在诗集预

---

① “灵薄狱”一词的原文是 les Limbes，意为“地狱的边境”，指未受洗礼的儿童死后其灵魂所去之处，转义为“模糊状态、虚无缥缈之境”。

② 让·瓦隆（Jean Wallon，1821—1882），法国作家、哲学家和天主教神学家，波德莱尔的朋友。

③ 参看 1849 年出版的《1848 年的报界》(*La Presse de 1848*)。——原注

④ 蒲鲁东（Pierre-Joseph Proudhon，1809—1865），法国政论家、经济学家、小资产阶级社会主义者、无政府主义的奠基人之一。

⑤ 傅立叶（François Marie Charles Fourier，1772—1837），法国哲学家、经济学家、空想社会主义者。

⑥ 参看让·波米埃:《波德莱尔的奥秘》(*La Mystique de Baudelaire*)，原载《纯文学》(*Les Belles Lettres*）第 9 卷，斯特拉斯堡文学院，巴黎，1932，第 56 页；米歇尔·布托尔:《特别的历史》(*Histoire extraordinaire*)，伽利玛出版社 1961 年版，第 101 页。——原注。让·波米埃（Jean Pommier，1893—1973），法国文学史研究专家。米歇尔·布托尔（Michel Butor，1926—　），法国新小说派的重要作家和理论家。

告中无端呼唤 1848 年二月革命吗？显然，不能因为点滴的社会主义色彩就殃及所有以《灵薄狱》为题发表的诗。

在《1846 年的沙龙》中，有两段话是值得玩味的；它们都与德拉克洛瓦[①]有关，涉及的却是波德莱尔个人的见解。其一是分析德拉克洛瓦笔下的女性主人公的忧郁："这种忧郁一直渗透到《阿尔及尔女人》中，这是他最娇媚、最绚丽的一幅画。这首心底小诗充满了闲适和静谧，充塞着富丽堂皇的绫罗绸缎和梳妆打扮的精巧饰物，从下流之地弥散出莫名的高雅馨香，转瞬间便将我们引向了忧郁莫测的灵薄狱。"若将这几行文字与波德莱尔 1850 年 6 月预告中所称的"骚动"和"现代青年的忧愁"对照来看，在社会主义的、乐观的表象与忧郁的表象之间无疑存在着巨大的差异。此时，忧郁的表象便具有了心理的和社会的双重含义。可见，灵薄狱确实是波德莱尔心仪的朦胧地带（他在 1848 年和 1852 年创作的两首诗——《薄暮》和《晨曦》——即是证明）；雨果在其诗集《黄昏之歌》的序言中不是也曾说过"我们生活的这个世纪处于灵魂与社会的奇特的朦胧状态中"吗？[②]

其二是选自菲奥伦蒂诺[③]1861 年所译的《神曲 · 地狱》第四歌；正是这首诗让德拉克洛瓦充满了灵感并在卢森堡图书馆的穹顶上创作出

---

① 欧仁 · 德拉克洛瓦（Eugène Delacroix，1798—1863），法国著名画家，浪漫主义画派的典型代表。

② 此处参考了莱昂 · 塞利耶（Léon Cellier）撰写的《波德莱尔与灵薄狱》（*Baudelaire et les Limbes*）一文中的研究成果，该文原载《法文研究》（*Studi francesi*）1964 年 9—12 月号，第 432—441 页。——原注。

③ 菲奥伦蒂诺（Pier-Angelo Fiorentino，1806—1864），意大利作家，《神曲》的法文本译者。

但丁[①] 和维吉尔这两位“古代诗圣邂逅于神秘之地”的天顶壁画。这个“神秘之地”即是灵薄狱。壁画的题目就可以被解释为堕入地狱。然而，在评论德拉克洛瓦的这幅作品时，波德莱尔却坚持说那是“弥漫着幸福的宁静和徜徉于这一氛围中的极致和谐”——如此评论，就使得享乐与浸淫于多首诗歌中的暗淡忧郁相颉颃，也与他就《阿尔及尔女人》所作的评论相矛盾。圣洁的温柔弥漫于但丁诗歌中的灵薄狱乐土，又经德拉克洛瓦的渲染，这是否就是超乎忧郁的理想了呢？显然，这种含混的表述难以服众。还要注意的是，波德莱尔并未在此使用“灵薄狱”一词。不过，但丁的影响远未销声匿迹：1851 年 4 月 9 日，波德莱尔在《议会信使》发表了《来自深处的求告》一诗，其最初的标题就是《贝雅特丽姬》[②]，诗中描写的那个“愁闷的世界，铅色的天际”，便活脱再现出了灵薄狱的景象。

我们要特别注意“忧郁”和“心仪”这两个词，并应当把这两个词与酝酿反叛精神且时而乐观冲动的社会主义思想联系起来进行分析：“骚动”与“忧愁”的意思绝非是下地狱，似乎更像是“灵薄狱”一词的同义语。不久后那个愿望就会到来，它至少能将这一令人沮丧的沉思（即但丁所称的“无望之愿望”）转化为走向死亡的论证。堕入地狱最终将由《恶之花》来完成。波德莱尔就是这样接受了德拉克洛瓦灌输给他的“难以抵御的品位”，彻头彻尾地成为了壁画中但丁的门徒，实现了巴尔扎克在描写巴黎的小说《金目少女》中的祈愿：“这个地狱，有朝一日一定会有

---

① 但丁（Dante Alighieri，1265—1321），意大利著名诗人，现代意大利语的奠基者，欧洲文艺复兴时代的开拓性人物，以长诗《神曲》（*La Divina Commedia*）留名后世。

② 贝雅特丽姬（Béatrice），但丁青年时期的恋人。

自己的但丁。”这样说来，疯修士钱拉[①]确实是有理由这样吟诵的：

> 我两次成功地穿越冥河……

自 1852 年起，波德莱尔便不再承认《灵薄狱》具有社会主义倾向。顺带说一句，有个叫维龙的人倒确实曾在 1852 年以《灵薄狱》为名出版过一部诗集。

诗集的名字始终难现庐山真面目。如果猜测的话，巴尔扎克倒是为他准备了一个。因为此前在其小说《贝尔萃丝》中，萨比娜曾对母亲承认说她喜欢去斐利西泰·德·杜什禁止她去的深渊，因为那里的毒花都非常迷人（“因为既有恶魔之花也有上帝之花”）。其后，在小说《交际花盛衰记》中他又两次写道，当吕西安·德·鲁邦培书写最后一封信时，他已发现了伏脱冷出身于可怕的该隐[②]家族，这个家族的男人们就代表着“恶之诗”。

1847 年，伊波利特·巴布化名 T 侯爵夫人给巴尔扎克写信，恭维他“只有您能在悬崖峭壁之间采撷这些美丽的、绽放于污秽中的毒花”。这就足以解释“居心叵测的”巴布——这是那些造谣生事者的说法——早晚会向波德莱尔建议将诗集取名为《恶之花》，而这个书名确实也正中波德莱尔下怀。

---

① 疯修士钱拉，指钱拉·拉布吕尼（Gérard Labrunie，1808—1855），即钱拉·德·奈瓦尔（Gérard de Nerval），法国著名诗人，波德莱尔的朋友。引用的诗句选自其诗集《幻象集》(*les Chimères*)。

② 该隐（Gaïn）是亚当和夏娃的长子。据《旧约·创世记》第 4 章，上帝偏爱其弟亚伯（Abel）的供奉，该隐由于妒忌而将亚伯杀害，被罚永世流浪。

《莱斯波斯的女性》中并不都是萨福体的诗歌[①]；同样，《灵薄狱》中也不完全是忧郁和《致读者》中所表达的那种无可救药的厌倦。

史料证明，1847年，当波德莱尔宣称即将出版一部“四开本的大书”时，收入1857年初版《恶之花》的大部分甚至绝大部分诗歌就已经创作完成。波德莱尔青年时代的朋友、拥有史官般精确记忆力的欧内斯特·普拉隆[②]回忆说，1843年前后，他已“确切无误地”听波德莱尔朗诵过《信天翁》《唐璜坠地狱》《女巨人》《“我崇拜你有如黑暗苍天……”》《腐尸》《“入夜，我依偎可怕的犹太女郎……”》《致一位马拉巴尔姑娘》《反抗》《贝尔塔的眼睛》《“我从未忘怀，在离城不远……”》《“您曾嫉羡过那善良的女佣……”》《晨曦》《酒魂》《拾荒者之酒》《杀人犯之酒》和《寓意》等作品。1850年1月，波德莱尔在写给昂塞尔[③]的信中曾抱怨说，依照手稿誊写的诗稿中拼写错误甚多。阿塞利诺[④]在1851年12月的《政变实录》中也提到，他曾在朋友家里见过“两大本”“已整理成册、由誊写员抄录的”波德莱尔的诗作。毫无疑问，波德莱尔的众多诗作确实曾以《莱斯波斯的女性》作为书名。

---

① 萨福体诗歌是古希腊著名抒情女诗人萨福独创的一种诗歌体裁，为独唱形式，以七弦琴伴唱，诗体短小，以抒情为主，单纯明澈；每一节分为四行，每一行中长短音节在相对固定中略有变化，前三行略似荷马时代的六韵步诗体，第四行则音节简短，显得干脆明快。这种诗歌体裁被称为“萨福体”。

② 欧内斯特·普拉隆（Ernest Prarond，1821—1909），法国诗人，历史学家，波德莱尔青年时期的朋友。

③ 昂塞尔（Narcisse Ancelle），公证人，法庭指定的波德莱尔的监护人，负责管理其财产。

④ 阿塞利诺（Charles Asselineau，1820—1874），法国作家、文学批评家，波德莱尔的好友。

《灵薄狱》这个书名肯定也存在过。所以，自1850年起，未来的《恶之花》就已经准备就绪了，尽管其中一些最美丽的诗篇尚未问世，特别是萨巴蒂埃夫人组诗。

诗集准备就绪是确凿无疑的。但1857年以前或是1857年和1861年时，真的有必要为这部诗集贴上“结构精美”的标签并编织里三层外三层的保护网吗？1857年7月，巴尔贝·多尔维利[①]在准备送交《国家》杂志上发表的文章中这样写道：

> 在华丽斑斓的诗行之下，艺术家们发现了一个**秘密的结构**，那是诗人的杰作，是他苦思冥想和孜孜以求的结晶。《恶之花》不像其他诗集那样将风格抒情和灵感支离破碎的诗篇杂乱混编。与其说它是一部诗集，倒不如说它是一部结构**极为严整统一**的诗体著作。从艺术和美学角度出发，若不能按**先后顺序**去阅读这部诗集，无疑会漏掉许多东西——那可是诗人精心编排的顺序，因为他知道自己在做什么。而**从道德角度出发**，若不能按顺序去阅读，失掉的东西则可能更多，正如我们在本文开篇时就已经提及过的。

如果我们将这段文字与巴尔贝将其寄给波德莱尔时所写的便条做一下比较：

> 我亲爱的朋友，倘若这篇文章能对辩护律师的构思和公诉人的

---

① 巴尔贝·多尔维利（Jules Amédée Barbey d'Aurevilly，1808—1889），法国作家、文学评论家，波德莱尔的朋友。

看法略微施加一些影响，我将十分高兴。

再看看波德莱尔写给律师的辩护要点首句：

> 应当注意从**全书整体**去评判本书，惟其如此，震撼人心的道德性才会跃然而出。

我们就不能不承认，找到“秘密的结构”这个抗辩理由确实是一根可以逃避司法电闪雷击的救命稻草，这个主意要么是波德莱尔自己琢磨出来并请巴尔贝引用的，要么就是巴尔贝自己想出来的鬼点子。在文章结尾处，巴尔贝更是将基督教的意味大加渲染：“《恶之花》出版后，那位令罪恶之花绽放的诗人只有两条路：要么对着自己的脑袋开上一枪……要么就做个基督徒！”（某些文字高手总是津津乐道于此种文字游戏。）波德莱尔的辩护人很看好这个主意，他在辩护词中大段引用了巴尔贝的论点，甚至比本文引用的还要长，随后便指责检察院未从整体上去评判这本书，反而“狡猾和危险地”断章取义，胡乱猜忌，完全有悖于诗人的创作初衷。

奈瓦尔曾打算用塔罗牌①来破解《恶之花》中“秘密的结构”。波德莱尔本人在1861年致维尼的信中也曾感言：“我惟一希望人们在称赞这本书时，会认为它不仅仅是一本单纯的小册子，而是充实完整、有头有尾的。”对此，我们怎能不叹服波德莱尔的观点，怎能不认可巴尔贝所宣称的《恶之花》是“一部结构极为严整统一的诗体著作”呢？它

① 塔罗牌（tarot），一种供占卜用的长型纸牌，共78张。

确实是这样一部大书，而非一本简单的诗歌汇编。这部书有头有尾，其1857年版和1861年版的编排绝不类同。这部书由波德莱尔亲自编选、分门别类并有序排列。这部书将诗歌按“诗组”分类，而其他元素则通过组合、对比或简单罗列来烘托主题。

《恶之花》并非是先验的，作者的创作过程与渐进的构思表明：恶之花此前绝无仅有。在19世纪不可能出现媲美《神曲》的诗作构思。要为但丁寻找传人，只能去浪漫传奇的乐土中寻觅。雨果不是也曾打破史诗的桎梏吗？伟大的作品当属有信仰的世纪。所不同的是，当波德莱尔创作《恶之花》之际，是厌倦而非信仰在统治世界。

应当多起因、多层次地去诠释波德莱尔式的厌倦：神学的和政治的，道德的和社会的，存在的和形而上的。与其在上层建筑范畴内枉自寻觅，莫若从诗人的个性与家族遗传间入手去查明因果。

二十六岁时，波德莱尔承认“被无尽苦恼所左右的无休止的碌碌无为”令他痛苦。这一年年初（1847年），《文人协会公告》上发表了他的中篇小说《拉·芳法罗》，波德莱尔借主人公塞缪尔·克拉迈尔这个角色自喻，描写自己是个“十足的懒汉，好高骛远的忧郁者，徒有虚名的可怜人”。“慵懒的太阳……使他昏聩，上天赋予他的过半才华消耗殆尽”。总之，塞缪尔“像个无能的偶像”。

上述描写加之其他史料，勾勒出波德莱尔一生的艰辛，结构性厌食和不断加重的疾病迫使他不时地且愈来愈频繁地求助于酒与鸦片的刺激和麻醉，生命的后期又依赖上了烈性酒。诚如1865年魏尔伦[①]在《艺

① 魏尔伦（Paul-Marie Verlaine，1844—1896），法国印象派诗人。

术》杂志上题献给他的文章中所描写的那样，波德莱尔确实是一个“现代通灵之人”，是那种“由过度精致的文明所造就的……有着敏锐和悸动的感受，有着敏感到痛苦的心灵，脑为烟毒所薰，血为酒精所沸”的现代人。的确，通灵有时会超然病体。但信仰终归要有。那么，波德莱尔会为哪种信仰而振奋呢？在宗教信仰层面，他基于本能的欲望，不时地企望自己的身体与旺盛的创造力协同依存，为此他不惜祈祷——这在其《私密日记》中有真实的记载——对他而言，祈祷是恢复能量的补救办法。但波德莱尔所求助的不外乎基督教的仙术和诗的神话，而非救赎的基督①。因而这个花花公子的信仰不可能是基督。

那么会是政治信仰吗？1848年革命后的头几个月直至1851年，波德莱尔确实曾经有过政治信仰。但那几年他所创作的诗——以《代价》为例——却都不在好诗之列。在1860年1月首次发表的《天鹅》中，他对被剥夺继承权的人们深表同情，但这与社会主义思想并无必然的联系。1847年以前，他对时尚的追求与他对政治的关注大相径庭；政变以后②，他自称“无意于政治”，将政治视为天启论的同义语。在《我心赤裸》中他这样写道：“我一直觉得做个有用的人很可恶。”毕竟，布鲁梅尔③、迈斯特尔④与埃德加·爱伦·坡⑤和傅立叶或蒲鲁东是格格不入的。

---

① 参看乔治·布兰在《虐待狂波德莱尔》(*Le Sadisme de Baudelaire*)一书中“求助于巫术的波德莱尔”(*Recours de Baudelaire à la sorcellerie*)一章，约瑟·科尔蒂出版社，1948年版。——原注。乔治·布兰(Georges Blin，1917—)，法国文学批评家，法兰西公学院名誉教授。

② 政变，指1851年路易-拿破仑·波拿巴发动的恢复帝制的政变。

③ 乔治·布莱恩·布鲁梅尔(George Bryan Brummell，1778—1840)，英国人，以其花花公子的服饰引领了当时英法两国的时尚潮流。

④ 约瑟夫·德·迈斯特尔(Joseph de Maistre，1753—1821)，法国政论家、教育家和外交家，对波德莱尔影响至深。

⑤ 埃德加·爱伦·坡(Edgar Allan Poe，1809—1849)，美国诗人、作家、文学评论家，对波德莱尔影响至深。

在把诗歌创作仅视为消遣或“安格尔小提琴”[①]这类的布尔乔亚家庭，“玩玩儿缪斯”就是追追时髦的口头禅。有如云美女环绕身旁，诗人水平如何又有谁在乎呢？

至于波德莱尔，他到底为谁而写、为何而写呢？在没有上帝的世界里，波德莱尔像个孤儿，这世界对他抱有社会关系上甚至精神上的敌意。美似乎离他很遥远，难以企及，而且致命。

这一创作的困境，对波德莱尔和其他注定成为法兰西诗人的人们产生了深远的影响。

自从有了波德莱尔，法兰西的诗人们终于可以让烦琐冗长的语句寿终正寝了。与格律严谨的十四行诗相比，《恶之花》的作者倘若不是太偏爱自由体的十四行诗，他那句“完美的十四行诗堪比长诗”一语或许会成为箴言。当然，《恶之花》中不乏严谨的修辞，这在《降福》或《远行》中均可信手拈来。但对波德莱尔而言，辞藻堆砌无法替代灵感，与其人为堆砌，莫若适可而止（如《自惩之人》）。此后，从生理学和社会学的需求出发，他注意到爱伦·坡在《诗歌的起源》中曾如此界定诗的长度：长诗如重灾，骈文恣流淌。在一封信中[②]，波德莱尔这样解释：“凡超出人所能注意到的长度，像诗却不是诗。”诚然，诗歌应有一定的长度以表达富于冲击力的诗情意境，适当的长度可以引发共鸣。但短诗则更贴近于纯诗。从浓缩的美学角度出发，波德莱尔在《我心赤

---

① 安格尔（Jean-August-Dominique Ingres，1780—1867），法国19世纪著名古典主义画家，闲暇时喜欢演奏小提琴，但水平一般。“安格尔的小提琴”，意指自娱自乐的业余爱好。

② 参看波德莱尔于1860年2月18日致阿芒·弗莱斯（Armand Fraisse）的信。——原注。

裸》中就曾描绘出一幅几尽完美的图像。“人们常问，为何大海的壮观与美丽会如此永恒而无穷呢？”

> 因为大海给人以浩瀚无垠、涌动无边的意象。六七哩[①]的长度对人来说已是横无涯际。此乃浓缩的无穷。至于是否令人联想起广义上的无穷又有何干呢？只要有十二哩或十四哩（直径），这十二哩或十四哩的海水的波涌便足以带给舟船旅人以至高至美的感受。

同样，十二首或十四首诗也同样会引发无穷的感受。这就是波德莱尔的美学观念：浓缩的无穷。

同化意味着转向，意味着驯服。波德莱尔敬畏寄身的自然，“圣化的蔬菜”[②]和女人同样令他恐惧。他就像萨特曾冷酷剖析过的那样（因为二人如此相像），身居都市却栖身“阁楼里”（《她的一切》），“像占星家一般倚天长眠”（《景色》），那是属于他能够支配的地方，他可以自我保护，躲开民众，若从民众中汲取一点点激情的火花则可，近距离接触却令他反感。条件允许时，他尽可能在他的王国里摆满油画、版画和装帧精美的书籍。他可以时常躲进自己的人造天地，求助于毒品的黑魔法。他借助于艺术来驯服自然，这种艺术时而细腻完美，时而不知所云，无人说得出是艺术还是自然。这就是为什么当他在创作中缺乏诗的

---

① 哩（lieue），法国古里，约合 4 公里。

② “圣化的蔬菜”（*légumes sanctifiés*）一语，见于波德莱尔 1855 年致戴斯诺瓦耶（Fernand Desnoyers，1828—1869）的一封信：“我永远不相信神的灵魂会居住在植物中，即便真的住在那儿我也不在乎，并认为自己的灵魂远比在圣化的蔬菜中的灵魂更有价值。”

灵感时，他会像戈蒂耶一样在“酝酿”真正的诗歌时以油画、版画、雕塑作为媒介，将富于创造力的幻想融入创作（例如《题欧仁·德拉克洛瓦〈狱中的塔索〉》《漂泊的波希米亚人》和《骷髅之舞》等）——率先提出这一观点的是让·普雷沃斯特[①]，他功不可没——沉浸于诗歌或版画的空白处似乎更容易驱走无能之神。

波德莱尔在贴近美、占有美、让美附于其身的过程中所遭遇的坎坷磨砺出了他的另类诗风：他的诗歌是自省式的，是诗人对于诗歌的性质和功能的自省。《恶之花》的前二十首诗均可归于自省式诗歌之列，还有《艺术家之死》和其他一些诗以及《小散文诗》的若干章节。诗歌自身变为了吟咏的对象。

波德莱尔是一位总要自问灵感何以出现，如何使灵感闪现，怎样才能使灵感在灵魂中不朽，诗兴怎样才能勃发的诗人。同时，他又是一位警醒不安、背负着批评的诗人，或如瓦雷里[②]所言是个“文学的工程师”。这一点，从他的谨言慎行中，从他比其他诗人更动人心弦、更才思喷涌的完美技巧中，我们都可以找到佐证：有些诗，他是以朋友的名义发表的，另一些诗，他送给朋友收入其作品，这可能是在释放试探气球；但有他在场时，他又将这些诗统统收归自己名下，确如他的一位同伴所言，他“奇特而伟大，幕后求声名”[③]。这是1849年前后的

---

① 参看让·普雷沃斯特：《论波德莱尔诗歌的灵感与创新》(*Baudelaire. Essai sur l'inspiration et la création poétiques*)，原载《法兰西信使》，1953年。——原注。让·普雷沃斯特（Jean Prévost，1901—1944），法国作家。

② 瓦雷里（Paul Valéry，1871—1945），法国作家、诗人和哲学家。

③ 参看奥古斯特·维图在《同时代人面前的波德莱尔》(*Baudelaire devant ses comtemporains*）一文中提供的证据，摘要丛书，10×18，第136页。——原注。奥古斯特·维图（Auguste Vitu，1823—1891），法国《费加罗报》著名记者、戏剧评论家。

事。如果对他此前在一两本刊物中实名发表的五六首诗忽略不计，那么他直到1851年4月9日年满三十岁那天，才在《议会信使》上首次用真名发表了以《灵薄狱》为题的十二首诗。那家杂志社里有他的朋友。三十岁时，他才对自己抱有信心并从蛰伏状态中现身。他可真是能韬光养晦！

随后，在母亲面前，他又是以何等斯多噶式的傲慢宣称自己的“令人折服的诗才”，——在游说杂志社接受他的作品时，他的自负也令编辑们瞠目结舌：“我终生研习构词造句，可以不揣冒昧地说，这部即将付梓的诗集精美绝伦。”

作为一个人和一位现代诗人，波德莱尔不仅展示出其焦虑、痛苦和失望的一面，更通过如下诗句展现出他语锋犀利的另一面。他的诗风富于攻击性，而且是主动出击，如《自惩之人》和《致一位圣母》。更有甚者，诗人在剥去读者的伪善面目的同时，还大声疾呼：

——伪善的读者呵，——我的同类，——我的伙伴！

（《致读者》）

吃惊的伪君子，你们真信
既嘲弄主子，又偷滑耍奸，
还能把两种奖赏同时占全：
　　灵魂升天又腰缠万贯？

（《意料之外》）

由此，他的诗歌变身为进攻而不再是文字游戏或无病呻吟。诗歌本该如此。

然而也有些不太在行的人却认为波德莱尔的诗太过简单甚至讨巧！阿尔西德·杜索利埃①就攻击他是“歇斯底里的布瓦洛”②，其本意在于诋毁，不料却反助诗人扬名。在论到追求诗节的匀称和形式的精准时，波德莱尔确实是这样一位布瓦洛，他在听到欧仁·德拉克洛瓦“不断地盛赞着拉辛、拉封丹和布瓦洛”并想到一位“诗人，……玛莱伯的一句对工精准、旋律铿锵的佳句竟使他沉吟痴迷”时，竟不为所动③。这位布瓦洛，他善于运用老辣的比喻，构造出与其意念最为贴切的词语。转瞬之间，他就把《青春法国》那种令人惊悚的火辣大胆远远甩在身后——《恶之花》以其地火潜行的能量，将这一切淋漓尽致地表现出来，此即杜索利埃所说的歇斯底里——并独创出振聋发聩的意象：

慵懒重负下，你
　　婴孩般的颈项
柔弱得左摆右晃，

① 阿尔西德·杜索利埃（François-Alexis Alcide Dusolier，1836—1918），法国记者、政治家。

② 布瓦洛（Nicolas Boileau，1636—1711），法国诗人、作家、艺术评论家，其代表作是《诗艺》，在文学史上被认为是古典主义文学理论的经典。

③ 参看波德莱尔所著《欧仁·德拉克洛瓦的作品与生平》（*L'Oeuvre et la vie d'Eugène Delacroix*）。——原注。拉辛（Jean Racine，1639—1699），法国诗人，法国最伟大的悲剧作家之一。拉封丹（Jean de La Fontaine，1621—1695），法国寓言诗人。玛莱伯（François de Malherbe），法国诗人。

仿佛一头幼象。

(《蛇舞》)

他还在《恶之花》中运用巴洛克时代绣球花的隐喻[①]，将诗的意象相互交织，有时又借助于对比的手法来抚慰读者：

你酥胸高耸，拥簇波纹胸衣，
骄人的胸脯似衣橱般美丽，
　　闪光的镜板高高地隆起，
仿佛盾牌与闪电搏击相吸。

(《美丽的小舟》)

无形之中，古老的神话嬗变为个性十足的神话；根据劳埃德·詹姆斯·奥斯汀的分析，此时，象征符号已让位于象征主义；交感也不再曲高和寡、一成不变；与安德洛玛刻相比，天鹅占尽上风，小老妇和日常景象汇为诗歌的主旋律[②]。现代的幻象由此诞生。明快和经典的诗歌由此诞生。它像真正的诗歌那样难解，因为真正的诗歌不是为了炫耀概念，而是发人深省。

---

① 绣球花的隐喻，意指希望、美满、团圆。

② 参看劳埃德·詹姆斯·奥斯汀：《象征主义与象征派》(*Symbolisme et symbolique*)之《波德莱尔的诗歌世界》(*L'Univers poétique de Baudelaire*)，原载《法兰西信使》，1956年。——原注。劳埃德·詹姆斯·奥斯汀(Lloyd James Austin，1915—1994)，澳大利亚学者，曾任剑桥大学法文教授，并主编《法兰西研究》杂志。

既非古典主义，又非浪漫主义，波德莱尔使之融合，却永葆自我。

福楼拜在感谢波德莱尔向他馈赠《恶之花》的信中安慰他说："您掌握了使浪漫主义永葆青春的诀窍。您与众不同（这是您所有优点中首要的优点）。您的作品中流淌着独创的风格。您的诗句中充溢着行将迸发的思想。"

《恶之花》是个极具爆炸性的混合体，永远会吸引人们去阅读它，评论它。

企鹅经典丛书书目

第一辑

长夜行	【法】塞利纳
大都会	【美】唐·德里罗
纪伯伦经典散文诗	【黎巴嫩】纪伯伦
磨坊文札	【法】都德
去吧，摩西	【美】福克纳
人间失格	【日】太宰治
苏菲的选择	【美】威廉·斯泰隆
丧钟为谁而鸣	【美】海明威
神曲	【意大利】但丁
人间天堂	【美】菲茨杰拉德

第二辑

我是猫	【日】夏目漱石
看不见的人	【美】拉尔夫·艾里森
流浪的星星	【法】勒克莱奇奥
微物之神	【印度】阿兰达蒂·洛伊
漂亮冤家	【美】菲茨杰拉德
玻璃球游戏	【德】赫尔曼·黑塞
绿房子	【秘鲁】马里奥·巴尔加斯·略萨
炼金术士及其他鬼故事	【英】蒙塔古·罗兹·詹姆斯
老虎！老虎！	【英】吉卜林
小王子	【法】圣埃克絮佩里

第三辑

契诃夫短篇小说选	【俄】契诃夫
死屋手记	【俄】陀思妥耶夫斯基

双城记　【英】狄更斯
洪堡的礼物　【美】索尔·贝娄
局外人　【法】加缪
一九八四　【英】乔治·奥威尔
世界末日之战　【秘鲁】马里奥·巴尔加斯·
圣殿　【美】福克纳
魔山　【德】托马斯·曼
暗店街　【法】帕特里克·莫迪亚诺

第四辑

飘　【美】玛格丽特·米切尔
海底两万里　【法】儒勒·凡尔纳
罪与罚　【俄】陀思妥耶夫斯基
了不起的盖茨比　【美】菲茨杰拉德
交际花盛衰记　【法】巴尔扎克
少年维特的烦恼　【德】歌德
一个女人一生中的二十四小时　【奥地利】斯蒂芬·茨威格
奥吉·马奇历险记　【美】索尔·贝娄
美妙的新世界　【英】阿道斯·赫胥黎
英国病人　【加拿大】迈克尔·翁达杰

第五辑

简·爱　【英】夏洛蒂·勃朗特
虹　【英】D.H. 劳伦斯
坟墓的闯入者　【美】福克纳
雨王亨德森　【美】索尔·贝娄
汤姆·索亚历险记　【美】马克·吐温
你好，忧愁　【法】萨冈
茵梦湖　【德】施托姆
上尉的女儿　【俄】普希金
莎士比亚悲剧选　【英】莎士比亚
施尼茨勒中短篇小说选　【奥地利】阿图尔·施尼茨勒

第六辑

动物农庄	【英】乔治·奥威尔
八十天环游地球	【法】儒勒·凡尔纳
纯真年代	【美】伊迪丝·华顿
呼啸山庄	【英】艾米莉·勃朗特
当代英雄	【俄】莱蒙托夫
德伯家的苔丝	【英】托马斯·哈代
失窃的孩子	【美】凯斯·唐纳胡
格列佛游记	【英】乔纳森·斯威夫特
小人物，怎么办?	【德】汉斯·法拉达
罗马爱经	【古罗马】奥维德

第七辑

金钵记	【美】亨利·詹姆斯
红与黑	【法】司汤达
有产者	【英】约翰·高尔斯华绥
萨宁	【俄】阿尔志跋绥夫
月亮和六便士	【英】毛姆
包法利夫人	【法】福楼拜
城堡　变形记	【奥地利】弗兰茨·卡夫卡
恶之花	【法】波德莱尔
大卫·科波菲尔	【英】狄更斯
泰戈尔经典诗选	【印】泰戈尔